文学是暗夜的灯，

雪地的火；

而孤独是个善良的巫，

把酸楚都酿成醇酒。

——简媜

孤独禅

蒋婵琴 著

山东文艺出版社

图书在版编目（CIP）数据

孤独禅 / 蒋婵琴著 . -- 济南：山东文艺出版社，2017.10
ISBN 978-7-5329-5255-7

Ⅰ. ①孤… Ⅱ. ①蒋… Ⅲ. ①散文集—中国—当代 Ⅳ. ① I267

中国版本图书馆 CIP 数据核字（2017）第 161432 号

孤独禅

蒋婵琴 著

主管单位 山东出版传媒股份有限公司
出版发行 山东文艺出版社
社 址 山东省济南市英雄山路 189 号
邮 编 250002
网 址 www. sdwypress. com

读者服务 0531-82098776（总编室）
0531-82098775（市场营销部）
电子邮箱 sdwy@sdpress. com. cn

印 刷 北京中印联印务有限公司
开 本 880 毫米 ×1230 毫米 1/ 32
印 张 8.5
字 数 166 千
版 次 2017 年 10 月第 1 版
印 次 2017 年 10 月第 1 次印刷
书 号 ISBN 978-7-5329-5255-7
定 价 36.00 元

目录

Contents

chapter 5 世界越热闹，内心越清简

chapter 6 我所理解的幸福

引言

我该如何跟你说孤独这件事

我走在大街的人群、车马洪流里，总有种前所未有的荒芜感，而且它是那么逼真与具象。

我从不轻易谈论孤独，这并不是因为它有多么令人难以启齿，也不是什么禁忌。相反，它所带来的高贵品质，比其他任何一种生命体验都来得真实而纯粹，就如同夏夜栀子花散发出的馥郁芳香。我之所以不轻易去谈论它，是因为它于我已成为一种常态，就隐藏于身体或黑暗的某一处，适合独自一人时深入体味。

“生命里第一个爱恋的对象应该是自己，写诗给自己，与自己对话，在一个空间里安静下来，聆听自己的心跳与呼吸，我相信，这个生命走出去时不会慌张。相反，一个在外面如无头苍蝇乱闯的生命，最怕孤独。”台湾作家蒋勋先生曾经这样谈论孤独。他曾在《孤独六讲》里反思、追问人如何才能更好地接纳孤独并最终孤独。

曾几何时，我走在大街人群、车马洪流里，总有种前所未有的荒芜感，而且它是那么逼真与具象。比如随处可见的芥蒂与紧张，即使身体可以靠得如此之近，却始终无法完成彼此心与心的交流。还有现代便捷化生活带来的各种声音，电视、网络、手机……此起彼伏，未曾间断。似乎没有这些存在，人就会坐立不安，难获片刻安静，亦无法怡然自得。这是工业社会给都市人带来的精神麻醉、喧嚣诱惑。某种程度上，似乎也影射出，人无法面对孤独、无法消除孤独带来的不适。同时，也折射出人害怕独处，不愿意倾听内心的声音。

你有没有过这样一种体验？在夕阳下的湖边看湖水，波光粼粼，光影晃动；又或者在某个清晨看一朵荷花盛开的样子，体味它的饱满清新，还有扑鼻的清香；再比如凝视辽阔无边深不可测的海水拍打着无垠的沙滩，远远在夜色中欣赏孤月一轮投向海中央，如同画布般美妙，它们彼此照应，静默深沉，不会被打扰；还有峡谷中耸立的高山，形单影只，人只能远远观望；以及苍茫草海在暮色来临时被晚风吹拂，左右摇摆，烂漫无序……诸如此类，一场场盛大的孤独，独自绽放。重要的是，当人与这些事物产生交集或碰撞时，心亦与之慢慢靠近，而来自灵魂的声音便一层层被激荡出来，使自我对话得以产生，仿若潺潺的小溪，在心底静静流淌。于情于景之中，人注定会获得情绪的高涨及心灵的升华。

“人必须非常孤独，只有我们的心不再寻找快乐、寻求美德和制造阻力时，才能知道孤独不是由环境造成的，孤独不是孤立，而是有创造力的。只有孤独的心——而不是被自己的经验所污染堕落的心——才能发现这些……孤独不是孤立，亦不是寂寞，它是一种存在的状态。当全部的经验和知识不在的时候，我们才能发现孤独的宝贵之处。”这是印度哲学家克里希那穆提体会到的孤独。而我一直以来都认为，孤独是一种空性无为，是最原始的本真。它直抵内心，是我们无法逃避的现实。

试想，当你不再被一些外在物质所俘虏，并获得精神生活的安定时，内在的情感也一定在不知不觉中获得沉淀与净化，并能自然而然地发现另一个自我的存在，那恰恰是被我们长久忽略和淡忘的另一半，是灵魂深处最隐秘的自我。当某一天它被我们发觉并得到照顾时，那该是怎样一种幸运、圆满及丰盈？我们需要不断探寻、关照、慰藉和呼应，让生命中另一半感知孤独的质感，而且，所有这一切全然来自我们的内心。

之所以说孤独于我已经成为一种常态，是因为在很长一段时间内，我能清晰感受到生命中一个又一个的节点。人如同躺在手术台上，人脑清晰，但身体某一个部位却被钉子、锤子不停地敲打，发出冰冷坚硬的声音，以让自己获得新生。那些来自灵魂的声音，在血液中流淌，融入骨髓，成为身体的一部分，也成为日常生活中我需要面对的现实，仿佛就像喝一杯清水、吃一盘食物那样简单、自然。我需要它们的存在，并享受它们的存在，它们宛如一曲清唱，直击心灵。

自己曾写过这样一段话：从此，一个人吃饭、写字、看风景，一个人笑，一个人落泪，披星戴月，忘却记忆，剖析思省，为此世间荒芜，寂静无声，天地相伴。在很长一段时间里，我确实如此度过。数不清的孤独宛如瀑布一样从高处倾泻而至，那一刻，我才真正领悟到，孤独终将成为我余生的必修课。我需要不断地沉淀、积累，由此获得更为扎实的坚韧和勇气，还有内心的秩序。

孤独让我趋向思省，令完善的道路越来越近，让人在痛苦与磨难中遇见另一个自己，饱满而丰盈。在北京的时日，偶尔穿梭于人群中，通过购物以满足日常所需。但即便居住已久，却始终陌生，似乎所有的一切都在提示我：你只是一个异乡人。而深圳不同，每一寸土地、每一个角落都能勾起亲切的回忆，全都那么清晰。

“生活不可能像你想象的那么好，但也不会像你想象的那么糟。我觉得人的脆弱和坚强都超乎自己的想象。有时，我可能脆弱得一句话就让我泪流满面，有时，也发现自己咬着牙走了很长时间。”莫泊桑的话形象真实地道出生活与人发生碰撞、冲击时所产生的力量。而我曾经又是如此深刻地体会过一切悲喜无常，一切都只属于我一个人。

正是这些，让我更加珍惜上帝赐予的一切——孤独、苦难、悲喜、痛楚、爱与恩赐、泪与无常。上帝在给予我这样或那样的境遇的同时，也抚慰我这般那般的心绪。我全盘无声接纳，只因它们是恩典，也是勋章。

孤独让我在这黑暗与光明交替的日月长河里获得更好的品质。这些品质教会我如何更好地爱与被爱，如何更加有力、勇敢地前行，以及怎样获得新的自由，重新思索爱与生死的问题。它们成为我需要承担的东西，隐藏于内心的某个角落，深邃且充满诱惑。同时，这些品质也逐渐成为我生活的基石，稳固且坚硬。它们让我更加宁静，并从中获得丰盈、充实和救赎。

孤独，我庆幸因为它的存在，我才没错过去寻觅另一个新的自己。

缘起缘灭

你是谁，就会遇见谁

世间所有美好知遇，只因我们好好说过话

不能放过自己，怎可评判别人

与他人的关系是面镜子

试图改变他人之前，先改变自己的心态

你的老友有几个

距离产生美

陈春林供图

在适当的时间、适当的地点，与你相遇

有缘的人都会自动出现。

你是谁，就会遇见谁

我对很多敷衍、不够诚恳的交际圈子向来缺乏耐心，亦不具备桌面一套、桌底一套周旋的场面功夫。那么，就索性做一个等缘而非攀缘的人。

“我是谁？”“将会遇见怎样的人？”这样的问题在我们的生活中伴随精神成长而不断遇到。前者需要认清自己，后者则需要通过与他人的联结、碰撞，更好地看清另一个自己。在很多情况下，他人是一面镜子。

你要相信，时间久了，能够与你产生交集、融合并在你内心深处占有重要位置的人，终究不会太多。而向来喜欢热闹、左右逢源的人，多少都会遗忘或被遗忘，最终都会如同烟火盛放，过目即忘。若干的相处看上去似乎很美，但关系却更像路人、过客。这样的状况，若要形容，就好比心被伤透后的冷落，只能独自回味。

你还要相信，在适当的时间、地点，与你相续有缘的人都会自动出现，而且你们在初识时，不会觉得生疏、别扭，而是仿佛前世在哪里遇见过。彼此间可以做到平等交流，坦诚对待，没有期许，而更多的是愿意给予祝福，让彼此的欢喜心溢于言表。人性的美好与光辉，就在你来我往的交谈中被情感点燃，让人心暖。

生活中的我，兴趣寡然，不看电视，不听广播，也很少浏览网络，更像是一个不合时宜、落后于时代的人。主要是因为，自己的交际圈子也没有那么宽泛。在深圳，能见面的，也只是几个老友而已。很多时候，我们相聚没有目的，亦毫无所谓的意义。只是一起吃饭、聊天、谈谈有趣的事，却始终相看两不厌，令初识时的美好得以持续，这大概也是善缘的一种吧。

在北京，或许因为年岁渐长，或许是没有太多的欲望和心性使然，竟越来越不善于主动去完成一些属于交际范畴的内容。好的、合适的情感，一定是因缘相见、静水流深的。倘若出现，你惜缘、感恩就好。这些与你有相同气质和因缘之分的人，可能就是你此生需要遇见的人，自有其意义所在。

人与人之间的因缘之分，我更看重的是给过我一粒米或者一口水的人，而不是那些能长久保持关系或可以与之联结的人。主要是因为，前者是我生命中曾经给予过我光束和一念的人。与这样的人见面和说话，是自情感里开出的花朵，洁净、饱满、真实。反之，就无法维持关系里的善、真、美好，即便事后遗忘或被遗忘，亦是一件很自然、依旧值得感恩的事。毕竟情缘无常，有缘起就有缘灭，习惯、接受就好。

朋友应该是那种见面就很熟、不拘束，随和得让你如沐春风的人，而不是为了自己交际所需，或者扩大所谓的圈子，虚张声势，以他人之名来验证自己的排场和面子的人。对后面这种人来说，即便这张桌子人满为患，他也愿意挤在上面，图个热乎。事后，谁记得谁，谁被谁遗忘，对他似乎都不是那么重要的事。

挤不进的圈子，硬是往里挤，挤得好，还可以挤出一点小空间；挤不好，心受损，还以为人家排挤你，所谓的自尊心就会受挫。总之，吃力不讨好。殊不知，待人接物，自有机缘，既不俯视，亦不仰视，才算是妥帖；能与之同坐，关系清淡，日渐情长，方算是美好。

然而，世界之大，交往种类极其繁多，需求、目的、存在感，无一不在你身边围绕。这时候，如何做到适当筛选和控制，就很能检验一个人是否具备清简、质朴、诚恳之心了。我所能排除并加以控制的，是那些看不到太多内涵所在、花样繁多的交际。对此，我向来疏离，能够保持一颗淡然之心。

现实生活中，我更热衷交往和对待的，是那些可以与自己产生联结的人。他们具备谦卑的心态，热爱生活，为人诚恳，态度端正，品格完善，气质独特，属于俗世烟火里的普通饮食男女，个性和内涵都体现于日常生活。他们是我愿意与之接近的一类人：遵循俗世里的道，无私，懂得爱和慈悲的重要；仿佛是尘埃里散发馥郁香味的植物，或者山谷里延绵的峰宇，伟岸而沉默。

这些美好的知遇值得被善待，可以见或者不见，但唯独无法被遗忘。作为情感交集的一种，因缘相会，微笑和慰藉，说话和拥抱，再见与相遇，都可以来得真实，并因稀少而珍贵。

我对很多敷衍、不够诚恳的交际圈子向来缺乏耐心，亦不具备桌面一套、桌底一套周旋的场面功夫。那么，就索性做一个等缘而非攀缘的人。在适宜的时间、地点出现的，便是最好的。彼此可以做到倾听、坦诚，所有观点、想法、态度都能在交谈中得以丰盈，获得凡尘俗世里盛开的情感之花。

所以，因缘而遇应该是生命情感中一枚珍贵的勋章，它能给予彼此滋养、恩泽和惜福的嘉赏。只能珍重，却始终无法被展示。

世间所有美好知遇，只因我们好好说过话

人性的复杂和幽微杂念，很多时候会通过语言得以呈现。

“这件事我可能没法完成，因为最近事情很多，分身乏术，你得再等我两天时间。”她回复别人的事情，总是可以很精准，没有太多拐弯抹角与模棱两可。答应的事情，即便一段时间没完成，大概等你将要忘了这件事情的时候，她总能给你一个回应，告诉你这件事情走到了哪一步，最终的结果大抵会怎样。

她算是低调的人，有点小羞涩，不善言辞。在与别人交往的过程中，总是会让人感受到自在、舒服，她有话就说，没话就保持沉默，也不觉得尴尬，反而能让你更加清醒地了解自己和对方。她通过说话传递出真实和不敷衍，属于真性情的人，这也是我喜欢、热衷与其交谈的人。

还有一种人，说话干脆，不拖拉，是便是，非便非，不答便不答，没有做作、矫情，也能做到为他人考虑。只是更多时候，他在说话前会保持对内心的觉察与忠实，没有太多热闹和虚妄，语言简洁，亦不

会掺杂过多带有个人色彩的表达。所有的片面和不切实际，在他那里都会化为乌有。他表达自己的同时，亦能做到根据气氛和环境调整自己的说话方式，尽量多地照顾他人的感受，没有太多口水与是非对错、野心或杂念干扰，似乎一切都来得那么妥帖和善意，将人性里的同理心与懂得做到了极致。

而有的人则不同，说话有如戏子搭台唱戏，青红皂白，从未间断。台上唱得比谁都好听，台下做得却比谁都要猥琐，说一套，做一套，很难表里如一。人前背后的三番五样，就像六月的天气，变得非常快。此刻在人前献媚，语言欢畅，背后不知会对你怎样刻薄，是非议论。语言在那个时候，就像是一粒精致包裹好的糖。信誓旦旦、心血来潮的时候，可以滔滔不绝，口若悬河，但事后你再提及此事，他可能会说，忘了——毫不觉得有何不妥之处，大抵是早已习惯了敷衍的说话方式。总之，人性的复杂和幽微杂念，很多时候会通过语言得以呈现。

还有一种人说话非常圆滑。比如，对某些人或事，即便他们不喜欢也可以说喜欢；即便没把握的事，可能为了拉拢你抑或其他原因，也会说保证完成。左右逢源，看不到人性的天真；反复无常，形成一套唯我独尊的自语体系和为人准则。他沉溺其中，即便有所自知，却早已无法爬出，似乎已经形成一种惯性。他保持着一种伪资产阶级的姿态抑或谄媚流俗的品行，混迹于江湖。他披着足够显眼的外套，摆出口若悬河的说话姿态，游走于圈里圈外，行走于自我的狭隘空间。如此这般，对于穿“龙袍”或戴着面具行走尘世的人，最为妥当的方式无疑就是相忘于江湖。

而真正具有好品格、真性情的人，从他眼神中传递出的真诚和周身透露出的温善气质，就可以感受到他言语之间交付出的真诚。不浮夸，不炫耀，亦不会随意敷衍人。于生活中，首先是做人，然后再做事及其他。所以，他多少会显得与众不同，有那么一点点不合时宜的味道。

在我看来，很多时候，对于相遇和再见的人来说，彼此在一起，应该是说各自想说的话。没话找话或者只是为了迎合而说话，都是极其别扭的事。总之，人应该自然表露内心，忠于自己内心的感受。对于他人倾诉的话，聆听和观察就好，没必要有那么多对错善恶，抑或这样那样的价值判断。只有做到敞开和心灵透净，才可能让沟通更有效。

但凡不好好说话或者拒绝沟通的人，大抵与自己内心的自大和隐藏的自卑有关。比如，一个人说："你怎么可以这样呢？要是……是不是更好些呢？"另一人马上回击："我就这样，你能把我怎样？我喜欢这样。"如此这般说话，显然是心被封闭了，这与性格里的缺陷，抑或与原生家庭的成长环境有关。因为不懂如何沟通而表现出的不好好说话，最终伤人伤己。一个拒绝成长、即便年岁老去内心依旧无法成熟的人，显然，外人对他也是无能为力的。

最后，关于说话，还有一种很有意思的现象：人总喜欢在某种热闹、拥挤的环境中靠不断交际来维系关系、地位、身份；需要不厌其烦地与他人对话，来表现自己的存在。他们总是那么高谈阔论、斗志昂扬，有观点但看不到诚意，说话也做不到简洁。

事实上，一个人只有在不需要迫于无奈与别人对话时，才会与自己对话，并进行反思、省醒，从而得到智慧。某种程度上，说话能折射出一个人对待人与事的真假与善恶。所以，有的人能说很多的话，且较为漂亮，但你却不知道他话语背后所隐藏的游戏规则。有的人说话即便不多，但每句话流露出的诚恳与真实，可以让人释然且愿意做到无私地相信与珍惜，并给予对方敬重。

尊重一切该尊重的人和事，便是尊重自己。这同样也可以用于说话本身。

不能放过自己，怎可评判别人

尽量不要对他人指点或者评判，除非你与他人有相同的经历与过往，能以同理心站在客观角度审视人与事。

深圳有两个于各自所在行业都具备一定影响力的朋友，也就是所谓的“名人”。据说太有名了会招致很多人的嫉妒，所以在中国，做人、做事要低调点，低到尘埃里。若能做到“万人如海一身藏”，应该算是最好吧。

问题在于，那两个朋友颜值非常高——这还不是最重要的，有意思的是，他们还很“自恋”（如果一个人能自恋到可爱，显然已不是贬义）。所以，他们在公共平台发表言论时，偶尔会惹来一身脏水，泼在那里，怎么看都是不好的。

事实上，他们在生活中，为人处事、待人接物都是非常诚恳和谦卑的，他们眼神中总是透露出随和，看不到一丝做作和孤高。他们一个有北方人的实诚、洒脱，一个有南方人的细腻、温润。

然而，总是会有人对他们的习惯与生活说东道西，指点评判，猜疑、恶语、看不惯随时潜伏在他们周围，一些诽谤甚至有时候通过第三方的嘴传到他们的耳中。

好在，他们在渐渐习惯做一个“无我”状态的人，不回避，亦不解释，更不回击。有一次我问：“对那些向你发出不同声音，甚至侮辱的言语，你会介意吗？”“我不介意，因为不知道对方的初心和习惯。一个人靠近你的初心，可以处于厌恶状态，还可以是欢喜的状态。如果只是厌恶，再多解释和碰撞都没用，只会产生恶，而人与人之间应该尽量避免‘恶’的发生；若是欢喜，彼此间所传递出的一切也都应该发自内心，更不需要画蛇添足。”

那时候我不太明白，为什么相隔甚远的一个人可以对另外一个不太熟悉的人评判、指点？后来，慢慢明白，可能有些人多少都会希望自己能成为他人眼中的那个“人”，所以，才会有这样那样、这种那种甚至不分青红皂白的所谓建议。但事实上，这些都是基于自我本能，不自觉地向外界反射出的某种“愤怒”与“不适”。

这种源自陌生人的越界和不了解所发出的声音，本质上是片面的、不客观的。就好像你在半山看到眼前的风景总是模糊不清，当你走到山顶，或许会发现另一种真相。而事实上，太多人没有这样的时间和耐心甚至智慧，对他人做出全面客观的了解和评论。

他们过于踊跃地表达自己，抑或急迫地评判他人，甚至给人贴标签，总以为自己会因为对一件事情的评判显露出高格调。殊不知，最后干出来的是低格调的事。要知道，若将自己的注意力放在一个不喜欢的人或者事的对立面，终究有一天，人会对自己的行为感到无力。

也就是说，当甲对乙做出评判的时候，一切的界限模糊不清、制造口业都是不适当的。它的不适当在于，你对他人能了解多少？他人的人生体验、经历过往，你又能看见几多？事实上，你们只是熟悉的陌生人。

尽管出发点是好的，希望他人能如你所期待的走向发展，但稍有觉察便会发现，这时候的你多半开始沉迷于“以关注他人为企图、改变他人为兴趣，通过外界确定自己的意识和观点”。那么，此行为算不算是一种“自我虚弱”的表现呢，或者说是没有定力的表现？

一个人的注意力和思想，只有在对自我内在关注产生“定”的时候，才能生“慧”。只要我们用心就会发现，日常生活中，一般大智慧、通透者都是少发“高见”之人，因他们少言，所以没有废话；一般小聪明泛滥者都是喜欢“评判”之人，所以他们多言，喜欢泼脏水。前者通过自观走向智慧，后者则通过关注外在阻碍了内在发展。

如果你不是关注事物本身，总想牵扯其他外界是非对错，终究只是幻觉一场。而人最不应该的是对他人有所期待，从而忘了自我本性的存在与感受。

奥修说，你自己内在的本性都是一团漆黑，又如何去给予他人有效且具有实质意义的帮助呢？所以，尽量不要对他人指点或者评判，除非你与他人有着相同的经历与过往，能以同理心站在客观角度审视人与事。

如果你觉得自己的言语可以释放一时的痛苦和不悦，当然可以自娱自乐，继续陶醉。如果你的行为不能为自己带来任何改变和提升，那么停止对一个陌生人的这样那样的评说，亦不失为明智的选择。

“金无足赤，人无完人。”容忍他人的缺陷与不完善，不应该是一件很难的事情。每个人的生命形态不一样，展示给外界的状态亦会千变万化，如果可以，善与善的交集，总比恶与恶的碰撞要好。所以《圣经》上说，不要对人有论断。又说，因为你们怎样论断人，也必怎样被论断。

一个人若能懂得如何更好地爱和宽恕，就不会无端对外界的人、事产生评判，去言说是非对错。我们可以敏感，但不需要做出评判。因为评判的注意力与聚焦点最终都会将自己挤入一个狭隘的境地，它像一个黑洞，会不断扩散，给自己带来痛苦与无力。攻击与不够客观，防卫与不足，这些都是障碍，是人性的缺憾与昏暗。

障碍最终暴露的是自己内心的不够柔软。而事实上，我们首先需要做到的是为难自己，而非对他人进行评判。这种宣泄行为带来的是自我的对峙，也是对他人的怨怼。而这样的浪费和消耗，若用在自我构建、完善和丰富上，似乎更具能量和意义。

如果你真的不具备对外界的觉察力，那么你所有的评判，最终都会转嫁成自己的痛苦，抑或使自己沦为愤怒的奴隶。所以，当你只是看到一个人的横切面时，所有的越界和伤害，都是对自我认知的模糊与消磨。事实上，一个内心真正强大的人，诋毁和热闹都是不存在的。因为他知道，很多时候看似热闹的背后，不过是一场幻觉似的自我陶醉。

一个能够低头走路的人，可以通过关注自己提升能力；而评判他人是非对错的人，大抵总是希望通过关注他人，来消遣和浪费自己的时间。这里没有所谓的好或者不好，有的只是我们能否通过这些折射和观照，发现自己身上的不足。人因为各自的成长背景、教育、习惯、性情不同，所以看待外界和他人的态度也会不同。只不过有的人会自以为是，口不择言地表达出来，喜欢一吐为快，不会顾及他人的感受；而有的人则不同，没有喜欢或不喜欢，只有有缘与无缘之分——无缘，可以不靠近，亦不关注；有缘，能走多远亦非自我所能控制，但却不会造成所谓的伤害。

一个人的是非对错，很多时候自己都难以判定，更何况他人。人生于世，不过光影斑驳、明暗分半，所有的评判大抵都应该交给时间和上帝。

与他人的关系是面镜子

未曾有过怨恨，宽恕定占上风；不曾有过妒忌，悲悯自会跟随……

很多时候，我们与他人的关系实际上是一面镜子，可以映衬彼此内心的需索和境况，让所有微笑、眼泪、愤怒、妒忌、感恩、祝福、随喜……直接抵达心的源泉。

当你被妒忌时，说明你还不够低调；当你苛求他人如何如何时，是否该先要求自己；想得到他人慰藉时，想一想是否亦曾给过他人关照；他人过于傲慢，你是否已做到足够谦逊？他人脾气暴烈，你是否能温柔相待……舍弃，不计较，心若宽宏，无论什么问题都能得到化解。

如果无法先做好自己，那么，对他人的一切想法和态度都是妄断。人与人之间的关系是镜子，先照到的是自己，所有试图得到和要求的，亦应该先针对自己。当我们有恶念和抱怨时，首先应该省醒的是“我”。所谓“正己化人”，先明净自己，才可以去照亮和吸引他人。

佛家有言：“依报随着正报转。”“一切法从心想生。”“一切法唯心所现。”自己的心决定你与外界的一切关系，人应该跟随心的正念、觉知走。所以，他人的好或者不好，无非是自己的心正念或邪恶的问题，无关乎外界任何其他。如同眼前的花和树，心情好，你看一切都是好的，心情不好，它就是不顺眼的、丑的。心是我们对外的一面镜子，唯有改变我们自己，我们与外界的关系才会得以修正。

所以，人与人之间，最重要的是彼此被光折射显露出的通透，这给予我们信念，让我们发现人性中的美，亦在他人身上看到自己的光。很多时候，我们无须了解太多，倘若懂得，便是慈悲；倘若无法做到悲悯，宽恕便已是布施。人与人之间的关系，存在很多的破损和不完美，没有一颗足够容宽的心，情感就很容易恶化并因处理不当而崩盘。若能做到宽悯，就会使关系得到新的构建，对待问题也会有更妥善的处理方式。

若问题无法得到最终解决，不如击碎后重组，让关系得到新的修正和认可，消耗抛弃旧的，积蓄新的能量，重新开始。若能达到此境界，就会产生勇气和足够的自信及初心不忘的信念。

“射有似乎君子，失诸正鹄，反求诸其身。”《中庸》里的句子，不仅让人从中清晰感受到古圣先贤的一种心境，更能教人从中体味人与外物的关系。“射箭的方法，很像君子做人的道理。射不中靶心，就要反过来要求自己，看看自己有没有做好、功夫够不够。”谦卑、恭敬、省醒之心在这里得以体现。同理，以这样的心态对待他人和外界，一切都会变得简单和清晰起来。

有些关系容易毁灭，是因为你已经无法做到温暖地敞开与信任，所以自由与尊严就会被碾轧，沦落成贪婪的工具。比如，在爱人、爱己、爱万物的关系里应该寻求回归，而非在他人身上产生屈从、慕求的心理。

“我们有很多共同的话题，有相见恨晚的感觉，是知音——我未来的伴侣应该是这样的。若他稍做改变，再具备一些社会属性，我觉得我们一生都会牵连在一起。”“我看你们完全是两个无法融洽相处的独立个体，彼此急迫地表述自我，‘我’放其首，夹杂‘你’还需要改变些什么，由此掩饰自私。语句中的如果、判定、假设都是幻想。试试你们见识过彼此的自私、反复无常、缺陷、无趣后，还能接纳包容彼此，继续往前走吗？”

这段对话说明，任何亲密关系的开始仅有普世观念的爱显然是不够的。了解欣赏、接纳见证、独立相惜、分享关心、宽容不计较……应该是其关系开展的前提。很多时候我们需要花一生的时间才能确定是否爱一个人。反之，想改变、控制、占有对方，提醒对方牺牲自我，此类态度往往会成为纠缠、碰撞、撕扯最终血肉模糊、两败俱伤的原因。

如果某种关系和情感带来相互损伤，只能说明双方缺乏定力，且极力寻求认同，或者抱有需索渴求的软弱心态。当我们获得内心的秩序与和谐后，一切试图打破的关系都会在更高的力量指导下获得嘉赏，从而赠人玫瑰，手留余香。

如果你需要，我随时可以放手，且心怀慈悲。你站在彼岸，我站在河边，水中的倒影是自己清晰的影子，只为愉悦自己。就好比我供养一盆花，撒下一粒种，拍下某种植物的果实，只为那一刻的欣赏和美。投入不是为了占有，拥有不是为了不放手；施恩莫望回报，付出只为内心坦荡、心如花开……单向的给予同样是一种无私、利他的行为。开出的花、结出的果、欢喜的物，如果你愿意，我乐意随时奉送。只因心怀感恩，喜乐同分享，并无其他。

你要相信，任何在妄想中的计较和追究都是内耗，只会让日子变得无趣。与其那样，不如用有趣的标准与人相处，不抱怨，不纠缠，不索取，不拉扯，如同两条线可以各自延伸，只需在某一点有交集即可。又或者说，与他人之间，要学会没有妄念打扰，不制造问题和麻烦。人应该试图消除一切负担与不必要的困扰，这样才可以走得远、看得轻。

儒家谈道：爱人者，人恒爱之；敬人者，人恒敬之。心里装有这一切，那么回报给你的也一定是欢喜如平常。未曾有过怨恨，宽恕定占上风；不曾有过妒忌，悲悯自会跟随；心怀感激，恩惠就是福报。

试图改变他人之前，先改变自己的心态

不再期许他人的改变，或许能更好地做到宽恕；懂得包容和理解的重要，你也就没有了失望。

“你为什么总是这样，说过多少次都不改？”

“你不能总是和 ××× 一样，你应该有更高的价值追求，还应该改变些……”

这是我最近在不同的时间、地点听到的两对年轻人的对话，一个充满抱怨和焦虑，一个满怀期许。说这些话的时候，我看到他们眼睛里似乎都带着愤怒，晦涩又空洞无力。

在伦敦的威斯敏斯特教堂，有一块无名氏墓碑，上面的碑文已成为经典，流传至今。大意是，一个人年轻时梦想改变世界，暮年希望改变家庭，临终，发现所有改变都无法实现，恍然意识到：如果起初我只改变自己，接着我就可以改变我的家人。然后，在他们的帮助和鼓励下，我也许就能改变我的国家。再接下来，谁又知道呢，也许我连整个世界都可以改变。

改变国家、世界这样的理想和目标似乎过大，还是从实际说起吧。比如身边的人，我们总是希望他们能为自己做出改变和牺牲，典型的比如：“你爱我吗？”“爱。”“既然爱，为什么不为我改变些什么呢？从今以后，你必须要为我改变些什么。”

潜台词就是，我已经做得足够好，你需要做的是为我改变。在这样的关系和逻辑里，就极易出现抱怨和情绪失衡。比如，我们总是以为环境和他人给自己造成困顿和不安，对他人的改变充满期待，而不愿意从自身开刀，剖析自己是否做到了足够好——如果做不到，为什么又需要他人为自己改变呢？

人在不断成长变化的过程中，很多性格已经定型。对于一个成年人来说，人生若不经历几番大起落，有反思、觉醒意识，很难做到真正的改变。因为人到一定年龄后，性格基本定型，而改变又是一件让人非常痛苦的事。若你总是以自己的标准去要求对方，对方又不具备改变的条件与能力时，最终改来改去，可能消耗、折损的是彼此。更有可能，终其一生，都无法改成你所期待的样子。

之所以说会期待，幻想会破灭，是因为人本身多少存有执念和虚妄，而且它会潜伏于你的内心，有意无意蒙蔽自我，并且扩散、演变为某种情绪。殊不知，这样的心念，实际上是为自己制造幻觉、痛苦。

你是否想过，希望光跟着自己的影子移动，河流按照既定路线流动，这一切显然是理想的要求模式。人与人之间的关系，对方是河流，你便是守在河边的沉稳大地；对方若为光，你便是随风舞动的婆娑树影；对方若为星，你便是衬托光亮的那一抹黑暗。如此，美与和谐才得以真实呈现。

对于一些既定的关系，我们会期待对方成为什么什么样子。当你的改造或改变是基于满足自我的目的，对方显然就成为附属，其中的苦痛你应该能体会得到。生活中，我们期待对方改变，大多是因为心绪摇摆不定，期待对方按我们自己的既定模式行走。我们说，只有心生爱意和慈悲，懂得才能发生。又或者，只有对方基于爱时，才得以与你和谐相处。

我们要能从遇见的人身上照见自己的灵魂，看到自己的匮缺，也照亮关系发展的方向。又或者，当我们能爱他人的缺点，并能通过他人明了我们自身的匮乏，加以不断修正时，就已经获得了内心优雅的笃定。人就是这样一步步认清自我。

所以，很多时候，我们想要改变的不是他人，而是自己的心态。与其不断希望他人改变成自己想要的模样，还不如将那些浪费在啰唆和繁琐的要求、规则、条框上的时间利用起来，自己先改，先让自己拥有如山般伟岸的气度、如水般柔和的容量。如此，所有的不公就会在你心性不断得到扩展的状态中变得渺小，你才更容易接受一切，最终适应。

这样的适应里，带有宽恕的疗愈，让你的心在不断懂得中获得祥和，这也是人性的修炼。而你会在这样的过程中发现新的自己，亦会以不同的方式重新看待他人。而且，你也会发现，再也没有什么比总是期待他人改变更痛苦的了。

重要的是，改变自己，会收获一个全新的自己。而不再期许他人的改变，或许能更好地做到宽容；懂得包容和理解的重要，你也就没有了失望。

所以，对于太多人和事，最好不要抱有过多的期待。接受每一件事情的真相，亦欣赏每一个人的本真面目。又或者，除你自己之外，不要企图改变任何人，不论好还是坏。

你只需要经常问自己，我是否已经做到了足够好？若没有，是否愿意努力先将自我改变？

你的老友有几个

我们的一生，需要怎样丰沛的情谊……才能维系经历漫漫岁月后老友相叙的清欢？

“年纪越大，就越需要老朋友。”这是一句电影独白，让人印象深刻。“老朋友”，一个“老”字饱含了多少真挚与珍贵的情感，其中洁净、忠诚的情怀，经得起时间的考验。而大多数时候，我们因为爱的匮乏和情感的枯涸，以及人与人之间边界的不清，使得一些关系多停留于表面，或是流于敷衍以后分道扬镳的江湖“情谊”。

“不想和他们交朋友，土得出洋相。”这话出自一个八十年代末出生的孩子之口。我问他怎样界定朋友，他说：“不隐瞒欺骗，不仰视或俯视，不轻言丢失彼此，肝胆相照一生，有精神和灵魂上的默契，患难之交而非酒肉朋友。这需要机缘还要明白其意义，更需要自我修炼。”

相比“七〇后”的人来说，“八〇后”甚至更年轻一代的人，他们在对待朋友的方式上似乎更直接、干脆，有豪情，又在乎某种“缘”。

年少轻薄过后，总算明白一种感情背后所要负载的担当与责任，因此总会多几分敬畏，不会轻易抑或草率地去付出感情。情感一旦无私给予对方，必定是用心了解后的坚如磐石，静水流深。

我向来认为，过于浓烈的情感需要得到控制。于我而言，生活中固定相聚的老友，未必有过多的言语和激昂的表达方式。他们年长于我，知道彼此内心的历史。这些情感的延续让我看到因缘际遇的善良与诚恳。我待他们始终亲近并充满无限敬意。丰沛的感情需要心的容器盛载。我之所以努力去维系，是因为知道无论自己遭受何种境遇，他们都始终待我如初见。更重要的是，他们人性中散发的美好与光亮，某种程度上也会成为我内心的力量，让我心存感恩。即便我们一年见面寥寥几次，问候也屈指可数。

他们被安放于内心深处某一角落里，不常想起却也不会轻易忘记。如果我们未曾相交、相知，我又如何能收获如此真实而清晰的感受呢？

人的热情多发生在那几个老友身上，似乎有种闭塞或自我隐匿的味道，时间久了也就日渐习惯并成为一种享受。矜持不如自然来得真实。友情的维持多来自日积月累的无私与丰沛。或许因为如此，过于热烈、桌面功夫十足的情感方式不属于我。

至于节假日，汹涌、一窝蜂地复制问候，利用他人来制造表面热闹，通过表面言行来获得“友谊”以填补私欲所求的这些人，我们习惯上也将其称之为“朋友”。桌面上的高谈阔论、聚会时的炫耀与展示、这样或那样的敷衍、附和，由此构建心照不宣的氛围。回头一看，似乎很美、很舒适，可一旦断裂出现，真相与矛盾也就会呈现。各种谎言、迷惑与不安，成为我们生活中司空见惯的现象。

在我看来，随着年岁渐长，就越难交到通透的朋友，因此也就越发缺乏某种主动性。朋友向来无关乎名利或权力高低，只关乎道义及信任，更无须要求太多。交友以尊重他人为原则，一切随缘。朋友能经得起岁月推敲，即便世事变迁、人世沉浮，依旧能互不遗弃。如此，人之一生能得几个屈指可数的老友就好。

人一生中，值得交付的情感，不过是几段而已。想想我们遇见的人出现，消失，不辞而别，从不间断，无须解释和说明。人有时也会因为自我满足和需求而目的不纯，比如只为了证明自己的存在与重要，而不认真对待情感，最终放弃或被放弃，都是可以理解的。所以，情感应如秋菊淡然散幽香，抑或如栀子花洁白无瑕。

一次，朋友问我："我们的一生，需要怎样丰沛的情谊、善意知会的懂得与和善，才能维系经历漫漫岁月后老友相叙的清欢？"我说："这需要独自承担了寂寞后内心所暗涌的恩慈与觉照，爱与无私。清淡交谈，生死观照，明澈如镜，足够映照内心。不相互依赖，不是各自的偶像，却温润充沛无比，能够为之担当生死，并为其付出有效的力量与真情。"这种力量与真情足够映衬出一个人生命的厚度、慈悲与单纯。交朋友比走入婚姻更需要缘分，很多人来来走走，分分合合，不辞而别，如同过客了无音讯，最终失联。

百川归于大海，蝴蝶飞至花开。越年长就越发珍惜友谊。

岁月检验初心，珍重缘于彼此的不演戏。因缘播下的种子会成长，即便风霜掠过，依然有你热情及无私的陪伴，患难之处，真情依旧。我看重和珍惜的老友仅仅如此。

距离产生美

人与人之间的遇见、分离，自有机缘。唯有自控和节制的情感才能成全彼此的珍重和长久。

年少时在故乡小城，听一档广播，谈到人与人之间的情感交集模式，“人与人如两只冬天依偎的刺猬。距离太近，容易刺痛彼此的身体；太远，又无法相互取暖。既能相互取暖亦不刺痛彼此，唯一且最为明智的选择就是保持一定的距离。”我记得的只是大概，拿人和刺猬相比较似乎不太妥帖，但形象的比喻有点意思。

二十年过去，这段话再被倒腾出来，因为恰好看到弘一法师的“君子之交，其淡如水。执象而求，咫尺千里”这句话。两者都是阐述人与人之间情感维系的距离与界限问题，只不过一个生动通俗，一个诗意睿智。

现实生活中我们看到太多的情感，由于人情绪的不可控和自我界限不清，本来好好的一段关系，弄到最后，却仿佛一个瓷器被摔破，只有碎片满地，伤痕累累。

我们发现一个普遍而有趣的现象：一开始，打得火热，像瓶罐里的蜂蜜浓情蜜意，说了几句话，就感慨相见恨晚；聊了几回天，就觉得这辈子的关系好像已扯不断，必须牵绊在一起了。但因为不懂得怎么控制，最终硬是把一段关系搞得狼藉满地，最后四面楚歌，撕破脸皮，甚至老死不相往来。

诸如此类，无论是出于利益，抑或所谓盲目的感情，最终都是为了证明自己是否具备占有他人的能力。说更直白点，这样的关系无非是为了证明自己的自私。这样说，是因为类似的情感，往往带有明显的需索特征，他们一方面希望关系长久，另一方面却又因自我认知有限、界限不清，而使得情感最终破灭。

看看一行禅师是怎么解释这种现象的：自我界限不清楚可以获得想象、虚假的温情，可以控制他人，当然这种控制感也是想象的、虚假的。需要这种控制感的原因是，自我界限不清的人往往不太自信，他不能肯定别人会对他好，所以需要控制他人的态度，唯有这样才可以让自己感到有信心一点。

从这段话中，我们不难发现，缺乏界限和距离的情感难以长久，这种情感会因为关系的不笃定，而被复杂的人性所破坏。唯有自控和节制的情感才能长久。好的、有趣的情感大抵如此，因为人与人之间的遇见、分离，自有机缘。

人性的微妙与复杂之处在于，很多时候人前背后翻云覆雨，变脸如变天。你永远不知道此刻在面前温柔和悦的人，转身离开后，又是怎样的一副嘴脸。现实生活中的人际关系，远比剧本来得有戏剧感。太多你侬我侬，在不久后，却会因点滴小事立刻翻脸转为怨恨。

我向来不喜欢敷衍式的寒暄和有野心的交际，因为其中有太多的目的不纯抑或无以交付的诚恳与坦荡。我喜欢那些相处笃深、敦厚和真挚的交往情愫，人们彼此真诚，相互敬重、欣赏和爱慕。随时可以告诉对方，想要什么以及我能为你做些什么，若做不到，彼此理解就好。不存在身份界定及无端的消磨。

而人的情感也会在这样的交往和清谈中得以持续并获得长久的欢愉，同时留下内心的淡定和清欢。在所有的关系里，保持适度的分寸才能获得持续的温暖和安全。若即若离，心里装着彼此，在需要的时候，能随时感应。这样的安全和温暖，因为距离和自我界限清楚，而使得感情更深厚、稳定、持续，没有虚幻，值得交付。

此温暖和安全因为建立在自己身上，所以牢固坚实。而那种忽视距离和自我边界的情感，迟早会对彼此造成伤害。这无关冷漠，亦无关傲慢及任何不客观的其他因素。

一次有读者给我留言：松柏类树木是植物中活得最长久的，柏树叶子扁平，长得非常缓慢，却能活几百几千年。我觉得自己就像柏树，对人对物对感情，都热得很慢。人的感情应该亦如柏树一样。真正深厚持久的感情，都是在岁月中一点点慢慢建立起来的。我觉得她的观点有某种冷静的客观与理性。我同她一样，对一开始打得火热、自我界限模糊、对情感毫无恭敬之心或者对谁都热乎得没有距离及边界的人，始终有疏离感。

“世界是一座桥梁，你可以跨过它，但不要在其上建房。若渴望一时，便会渴望一世。”这同样可以用来形容人与人之间的情感。我们可以爱、信任、关怀，但需要距离和界限。

chapter 2

花落花开

天舒供图

世间无常，月盈则亏，花开难常在。

他走后，我重新活过

如何才能更好地活下去，怎样承受那悲苦无常，才是我需要认识和改变的境况。

“经历了短暂的回家登记结婚之旅，我已经由原来的单身转变成已婚人士。随着时间的流转，我的责任也提高了，更学会了好好享受二人世界的美妙。”这是他在日记本上手写的最后一段话。我后来回深圳，清理遗物时才看到。

看到这句话时，他才刚刚离开一个礼拜。那一刻内心的悲痛就如同伤口撕裂般剧痛，泪眼又开始模糊。他是我至爱的亲人，也是我人生的第一位知己。只因无常，人说走就走，甚至连句遗言都没有。

他走的那个清晨，天还没亮。我可能是胃部不适，似醒非醒。感觉他似乎想去开门，旋而又重新回到床边，下意识地吻了我一下，我当时并没什么反应。很快，他就开始喘，发出粗重的声音，吸气变得很短，呼气很长，像哭泣的声音。我立刻清醒，坐了起来。那一刻，我并没意识到他的生命已经走到了终点。

现在回想，大抵是老天在那个时候，提醒我们，要以这样的方式，就此天地两相隔。在殡仪馆，他仍是沉睡的模样，面孔没有任何改变，依旧俊朗，轮廓清晰。我始终不相信他会那样丢下我不管。

一句话都没说就离开了。那是我们婚礼后的第三天清晨，天还未全亮，是中秋节。那一年他刚满三十岁，而我二十六岁。

死亡，是要让我相信真相。看着眼前的一切，内心的孤独和绝望瞬间就在血管里奔腾。人也处于木讷、无知觉的状态。不知道为什么，我没有眼泪，一滴也流不出来。很多年后，我读韩国前总统朴槿惠的自传，里面这样写道：当一个人受到太大打击时，听说是哭不出来的，那晚我终于明白了。慢慢地全身的感觉逐渐消失，仿佛置身在令人眩晕的梦境之中。这是她在父亲去世时内心的状态表达。那一刻，我也明白了，当年为什么哭不出来。时过境迁，回头看去，想必世间每个人对待亲人离世的心情，大抵都是这样的。

他走的那天，天空飘起了小雨；我们结婚时，晴空万里无云。短短三天，风云变幻。在细雨飘飞的那个下午，我的身体像个空壳一样，站在殡仪馆门口不远处的一块空地上，前面是山野荒芜。望着空中纷飞的雨滴，四周寂静无声，内心的绝望与悲痛，连同身体一起变得麻木。那一瞬间，即便有人用锤子在我身上不停地敲打，估计我也不会感到疼痛。

整个白天，我都处于麻木无声的状态。夜晚，在母亲陪同下睡觉，母亲背靠着我，我下意识地将手搭在她身上，并不停地往她身边靠。那是我长大后记忆中第一次与母亲如此亲近。其实只有我心里知道，这一切举动，只是因为害怕，因为身体总是会觉得寒冷，会时不时地颤抖。

第三天，当他的灵车从身边开过时，我再也忍不住了，蹲在地上，失声痛哭。那一刻，陪伴在身边的是我母亲和婆婆。白发人送黑发人，她们已年过五旬，而我不满三十。我们一起共同感受着人间的生离死别，谁也给不了谁任何安慰，任凭悲伤在心底翻滚。我眼睁睁地看着灵车向墓地方向开去，心里再也不能有任何念想了。

“月有盈亏花有谢，想人生最苦离别。”这句诗道出了人生的撕心裂肺莫过于生离死别。一个人，当她亲历亲人永别，那一瞬间，心生麻木的恐惧和寒战，足以将一个人的意念击垮。巨大的悲痛，悄无声息，毫无预兆，让人跌入低谷，如同掉入冰窖。天地万物，寂寥无声，只剩得苍凉茫然一片。

佛经里有句话：人生是苦、空、无常。这里首当其冲的苦，大抵亦是灾难的一种。自然或者上天在夺走亲人生命时，我们唯一能做的，是接纳命运对生死的评判，并通过时间与自己和解。我们无法抱怨和吭声，只能隐忍。

生死别离，应验了人的脆弱和渺小。好在，它们也在锻炼人的意志，考验人的智慧，使人心性成熟。经历无常的苦痛后，我更加懂得珍惜、感恩的重要，也真正体会到水载万物的心境。

他的离世，亦使我的人生开启了另一条轨迹。事实上，所有日后所走的路都是我先前未曾预料到的，也是我需要在余生中继续为之努力的，以此回报这期间给予过我帮助、关注的人。所以，某种程度上，生活给予我常人所不能承担的无情打击时，亦给予我其他的温情慰藉。仿佛有一股冥冥之中的力量在拉扯着我的身心不停地往前走。

我始终记得，他走后很长一段时间，我成为一个情感上没有任何寄托、生活上再也难有温暖和扶持、心有凄切的人。时常在大街上走着走着，眼泪就止不住地往外流，丝毫不顾及周围有没有人。一天，在沉睡中我清晰地梦见他不停喊我的名字，等我反应过来，他却已经离开，只留下背影给我。醒来时，发现泪已流湿印花白枕。那一天刚好是他去世第七天。

同样，因为恐惧，有很长一段时间，我需要打开房间里的每一盏灯，为自己壮胆。看到家里共同布置的家具、书、衣物和影像，我睹物思人，几近窒息。并且，我开始长期失眠，记忆力和精神在很长一段时间内都处于恍惚状态，不得不用笔和纸记录每天要完成的事以及所有跟数字有关的事情。在那段时间里，我经常会感到后面似乎总有他的影子。但事实上，很快我便能确定，这只是幻觉一场——他早已真实地离开了我的生活。

接下来我需要独自面对所有日常琐事和现实问题，在哪个银行交房贷，去哪里交水电，处理他的公司与外界业务的最后交接，怎样将遗物捐赠……而这些，都是我曾经不擅长甚至从不曾过问的事。

他因为年长我几岁，性格又温文尔雅，流淌着无私与大爱的血液。所以，总是细心，体贴，懂得照顾人。即便在深圳这个物欲横流的城市，亦从不计较个人得失。但凡和他交往过的人都喜欢他，因此他人缘很好。而我对俗世琐事、人情世故向来疏离，好像一个被隔离的外人，难以与人轻易靠近。

曾经，我们可以相互帮助，相互理解，为了生活、理想及未知的前路打拼。我们见证各自的成长，分享点滴喜悦。俗世人生，莫过如此。我们也曾经谈到过生养孩子，相伴至老；游历人世，遁世，谋生。而这一切，如今终究化成泡影。因为无常和死亡，所有一切都来得那么决裂、残酷。

历经生死离别，我需要像个新人一样，重新活过。有很长一段时间，我已经习惯凌晨四点多钟醒来。有时，是被他在梦中惊醒；有时，是因为时间遗留下的惊恐，到点就无法再入睡。每每此刻，起身靠床头回忆半天，再次确认，他已经离开，去了另一个世界。

这是死亡带给人的震撼与觉醒。它让我看到人生很多客观的东西，并需要去面对和接受它。对于当时还十分年轻的我来说，如何才能更好地活下去，怎样承受那悲苦无常，才是我需要认识和改变的境况。

如果无常与缺憾亦是人生的组成部分，那么一切当下都是最好的安排。为此，我几乎不敢也没有时间陷入自恋与哀怨的境地。某种程度上，生死只是一个人的事。这些生活带来的境遇和变故，很多时候，或许都只是一个人的宿命。

因此，我也就相信了很多东西，比如命。从此，我的内心多了对生死的敬重。死亡带来的悲剧性，已经成为我精神源头里很重要的一部分，且融入骨髓，留下印记，成为内心深处的结。我恍然发现，记忆浮世，人生过往，真是像极一出戏，却又是如此真实。

人终需一别，就算用尽一生的时间，亦有先离后走。只是，当死亡成为梦境一场时，人还需要尽快从中抽离出来，被迫接受它所带来的破损和碾碎。那些需要重建、治愈的内心悲痛，终究需要毅力与坚强来承担。

按照宗教的说法，死亡只是另一个新生活的开始，它并未真正离开，只是换了一种形式，去往了另一个维度空间。我经常这样来解释他的离世，以此获得内心的慰藉，让自己能够平静度日。我对他的情感，除了怀念，更多的是感恩、敬重，并毫无条件地接受变故赐予我今后漫长生活中的一切。

磨砺与省醒，智慧与成长，这些无疑是我们人生获得丰沛滋润的养分。如果一个人足够坚韧，具备悟性，有希望获得成长的决心，那么，所有苦难无疑是最好的历练与财富。它将会以独特的节奏和方式，让你的人生转入另一个新的天地。

前提是，你要具备承担一切的坚韧与力量。我相信，悲苦是恩典和礼物，只要心怀勇气和阳光，就无惧黑暗；只有努力付出，才能收获希望和重生。这些，不是虚妄与空想，而是需要带着坚韧的心，与时间一道付诸行动，去历练、行走，进而在真正意义上做到重新活过。

生死真相，念念无常

我们的身体仿佛是寄居在人间的行李。无常不是人生的一段过渡期，而是整个人生。

我们花了一生的时间去生，却从不愿腾出少许的时间去思考死。是的，我们忌讳谈论死亡，觉得它是不幸，对它讳莫如深，总之，死是很不受欢迎的话题。但我们又能轻易说出“死”这个字，成为口头禅。我想这两者之所以如此矛盾，是因为我们对死亡从未曾有真正的认知。轻易谈及或者忌讳谈论它，都是不可取的。

我在二十六岁那一年开始思考死亡，它给人带来的意义深远而重要。对于活着的人来说，如何更好地走下去、更好地修行、重建新的自己、不枉逝去至亲在自己生命中的意义，才是当下与未知人生需要修完的课程。直到有一天，自己也不可避免地离开这繁华人间。

不可否认，当我们的亲人的呼吸在瞬间停止，其让人产生的剧痛和恐惧，确实令身心如同锥子刺骨，疼痛难熬。但是，你要相信，生命的痛楚以及由此带来的创伤，无一不是在磨炼你对待生活的勇气、毅力及担当。对于一个懂得思省、具备仁慈和感恩之心的人来说，只有当你亲身经历和感受了这一切，才能真正清醒地认识到肉体凡胎的脆弱与渺小。

世间无常，月盈则亏，花开难常在。我们通过无常来体察痛苦并获得自身生命的超越，最终懂得净化生活，承认死亡真相。这是人性的升华，也是对爱与生死的尊重。

“我们的存在就像秋天的云那么短暂，看着众生的生死就像看着舞者的律动，生命时光就像空中闪电，急流而下，匆匆消逝。在一切足迹中，大象的足迹最为尊贵；在一切专注禅中，念死最为尊贵。”“所爱的必定有散失的时候，会合必有别离的时候，人间心物所合的身体，即是无常的，就不能如人们所想的自由。”这是佛陀用证悟后的警句金言提醒世间执迷不悟的人对待生死的态度，“万物皆无常，有生即有灭”。我们唯一能把握的是，当下的每一分、每一秒，然后做好分内的事。

希阿荣博堪布说：“无常不是人生的一段过渡期，而是整个人生，不管你愿不愿意，都必须与它终生相处。无常粉碎了我们对安全感、确定性的幻想，本以为牢不可破的观念、思想会改变，本以为终生相伴的人不是生离就是死别，健康的身体会突然被疾病打垮，一帆风顺的事业会转眼破产。”这些话，让人更加确信，一帆风顺、万无一失是不可能的。

为此，我们需要做到释怀，让内心的悲伤通过时间去化解，最终与之平和相处。我们还需要在这个喧嚣的充满虚幻、梦想与野心的世间，提前为死亡准备点什么。我有时候相信，世间的确存在生死轮回；活在世间，也并不属于世间；我们的身体仿佛是寄居在人间的行李，所谓财富、名利一切种种，都只是暂时保管和享有而已。如此去想，你就会对生死有了更多超脱的认识与了解，从而做到悲喜平常。

如果你到了一定年龄，或者你曾抑或正在经历死亡，你就不会觉得死亡与你是那么遥不可及。我们经常会通过新闻看到天灾人祸，通过朋友听到好端端的一个人说走就走了，我们至爱的亲人不告而别……

《西藏生死书》里写到一位禅观大师在闭关，附近有一个池沼，很难走过去。有些弟子建议替他建一座桥，但他却回答："何必呢？谁晓得明天晚上我是否还能够活着睡在这里。"我想，只有对生命的脆弱有如此清晰认知的人，才能真正做到平静对待生死；只有知道生命无常，才能体会人生的宝贵。而我，亦曾经这样认为，人应该提前写好遗书，因为你不知道，死亡和明天哪一个先到。

假如我们能如此豁达地看待死亡，我们亦会认同一个观点：死亡并非终点；你只是由死亡过渡到永恒；你在世上所有的一切将会延展至永恒，你今生的每个行动，都在拨动永恒的琴弦。而佛教也提及类似观点，生就是死，它们绝对不是两个对立的矛盾体。死亡只是另一期生命的开始，它是反映生命整体意义的一面镜子。所有这些，也是对生死最深层次、较为客观和通透的认识。

是的，生命活力如同自然生长的植物，不管存活期间如何蓬勃生长，枝干如何繁茂旺盛，最终，它都会枯萎，化作泥土——那是它最后的归宿，是向人世做最为优雅庄严的告别。我们必须尊重这样的规律，而且需要面对它，这是任谁也无法逃避的现实。

我们的一生有如自然万象，风起云涌，花开花谢，潮起潮落，未曾间断。一切自然造物都会在有限的时间中诞生、改变并得以繁衍和来去、沉默与消失。

在这样的过程中，你想了些什么，完成了些什么？不管你是拥有富可敌国的财富，还是渺小得像路边的蚂蚁，在死亡面前都是平等的，这一点是毋庸置疑的，也是客观存在的事实。对于活着的人来说，我们接受现实的同时，也需要带着理智的情绪从痛苦和绝望及陷入低谷的境遇中抽离出来，做到和解、接纳，并以此获得内心的安详与平静。这样的行为，应该算是一种积极的生活态度：时刻提醒自己自然美好，世间情长。

曾经深厚浓重的感情，弥久醇香的恩情，无私宽悯的照顾，善良和温暖的相信、理解与仁慈，这些人世深爱，因为生命的戛然而止，让我绝望。但它又似乎能在冥冥中给予我力量以及持续生活下去的勇气。

“若有一天，你让自己的信仰、恐惧、焦虑和悲伤突然终止的时候，你会发现，你随时与死亡同在。这就是一种聪慧，这样的聪慧不属于某一个普通抑或伟大的人，同样亦不属于某一个教派和救世主。”这段话在很长一段时间内，成为我的精神支柱。在体验这种“无”的状态时，我意识到，人需要时刻保持一颗赤子之心，坦然对待生死与苦痛、无常和悲喜，这一样需要淡定自若、从容担当。

在“无”的状态中，你还会体察到，人生不过是一场修炼和体验，你只需要丰富其中的过程就好，其间并没有太多是非、对错、得失、美丑和排他性。我们能如此认知，就能自己消化、接纳很多东西，并适当做到与外界和他人产生互动。这样，心才能更加具备包容和悲悯的情怀。

随着年龄增长，我感受到所有发生即存在过的事，看似悲苦，实际上它们也是生命转化的契机，值得感恩。天下万物来去都有定时，在这样的过程中，每个人都要学会如何更好地生活，懂得爱与省醒、信念与勇气的重要。

岁月带走所有，时间沉淀历史。我们依旧需要继续自己的人生，在烟火俗世里，修行，成长，各自探寻光亮与前路，成为一个惜福、懂得感恩且信念坚定的人。

除了坚强，还能怎样

时间会告诉你，所有的存在与发生，都自有它的安排和意义所在。无常是真实法，也是活法。

最近，身边有熟人往生，心中颇有惋惜和遗憾，但并不感到震惊。因为我早就已经接受了无常的存在，它曾经那么真实地在自己身上发生过。我从惶恐无助到孤苦无告，最后全盘承担，成为一个愿意无所计较地全盘接受所有所谓好或者不好的人。

是的，好生生的一个人，说走就走了，生命止于年轻。这大抵就是佛经所说的“无常”。我在没有接受无常带来的事实时，觉得它非常遥远，充满深邃的神秘，是那么深不可测，让人心生敬畏与悲悯。

后来，我亲历了它，在没有任何预兆的情况下，无常席卷生活，令人防不胜防。死亡带来的孤独与绝望、无助和恐惧，在那一刻，我被迫接受。那些如同跌入谷底的日子，让人刻骨铭心。

既已如此，又将如何？我不得不非常冷静，从黑洞里走出来，去肩负恐慌、害怕、迷惘，走向未知的将来。印象中，我所能记得的就是这样。面对无常的击打，我们唯有心怀勇气，一步步往前走，去获得内在的笃定、和平和光亮。直至有一天，风轻云淡，天地开阔。

当时唯一的信念就是，我还年轻，生活还要继续，还有工作、父母、亲人及俗世里各种未完成的事。除了坚强和勇敢往前走，我还能怎样?

随着时间的流逝和阅历的增加，我真正懂得了，世间万物，无不受限于衰老和无常，而难以获得持久及永恒。上一刻或许还春暖花开，下一刻可能就是严寒萧瑟。一朵花要接受被风吹雨淋后的瞬间凋落，一只猫咪也会因一场重病停止呼吸……诸如此类，所有有情无情的众生，它们不会永远摇曳多姿、富有生机、伟岸挺拔，一旦历经无常，就瞬间崩塌。

这些无常给我带来的现实，正是生活在教我该如何以一颗聪慧、勇敢、仁慈的心去与之和解。这一切也让人变得更加柔和、安静与包容。即便我的容颜在不断发生改变，并逐渐留下了岁月的痕迹，但依旧会为那一刻的自己而感到心安，为每一天的忙碌与真实的付出而感到自足。

佛偈：诸行无常，是生灭法。这些不是慰藉，是让我确定活着有很多真相，必须过早发现，就像修行也要趁早一样。世间真是没有什么是自己的，我们赤条条来去无牵挂。当你真正看清了这一点，也就没有什么所谓的执著和非不可了。你也就学会了释然，能够坦荡对待人事。万物归期，自有定律。我们只需做该做的事。

无常会带来剧痛，带来黑暗，甚至漫无期限，但只要你带着勇气与信念往前走，就一定会出现光亮。“否认黑暗等于否认危险，承认黑暗的存在，可以获得光明，否认则获得黑暗”。“无常”带来“黑暗”，同时也可以抵达“光明”。而这一切的完成和转换，全在于你的心与信念。

当我清醒认识到这些，亦更加具备承担的勇气和力量。所有人生不可避免的阵痛，既可以将活着的人推向悬崖绝壁，亦可以让其如同凤凰涅槃般重生。

生活没有捷径，也没有那么多的风花雪月、花好月圆。无常即寻常，且从来不会因为人的年龄、身份、地域或者个人拥有的财富多少而发生改变。所以，我们不必因为一时身处顺境而得意忘形，亦无须因亲历低谷磨难而失落沮丧，一蹶不振。一切都仅仅只是无常。

人面对无常的最好方式是，体验它带给自己的悟性。重要的是，你要配得上吃过的苦，历经的痛。你还要始终相信，苦不会白吃，福不会白送，幸或者不幸都是生活赐予的恩典与礼物。

佛陀劝告世人要认识生灭无常，以减少对娑婆世界的贪念、执著和无明，从而更好地修炼，以达到不生不灭乃至涅槃的境界。对于凡俗男女来说，它的难度在于，我们在日常生活中，从来都是将大部分的时间和精力用于抵挡无常与死亡，而无法感受它带来的高贵与光明。

无常让我面对、接受、解决，放下任何一个出现在此刻当下的现实。凡事终究会如灯火，终会油枯灯灭，这些对于人的情感，多少显得无情，但我们不得不承认，这就是生活，它是人生中重要的组成部分。它带来的不只是挫败与不幸，同时也有人世真相。接受了真相，也就意味着清醒。清醒能让人更加冷静，勇敢面对生活的一切。看清这些并不意味消极抑或其他，而是让我更加确定，人生无常，其中有太多的不确定性，自己终究无法躲藏。时间会告诉你，所有的存在与发生，都自有它的安排和意义所在。

承认悲伤、无常、缺憾，是对自己的坦诚，也是对人世真相的认同。它让我面对诸多人情冷暖、世态炎凉、这样那样的不如意时，依旧能以包容、淡然的心态处之。因为我明白，自己有一天，也会归于无常。现在既然还能幸运存在，就应该享受这一刻的欢乐，见自己喜欢的人，把时间花在美好的事情上。

这算是我能想到的最为完美的人生。

无常是真实法，也是活法。我们只有真正抵达并领悟它时，才可能做到悲喜平常，离苦得乐。

一个人的流光对照

照片，是一段历史记录，因为人与景的碰撞，使得它具有特定的气息，那是对流逝光阴的感受与纪念。

张爱玲女士在年过半百后，一个人在大洋彼岸的美国，清理自己和家人的老照片，之后完成《对照记》。

"'三搬当一烧'，我搬家的次数太多，平时也就'丢三落四'的，一累了精神涣散，越是怕丢的东西越是要丢。幸存的老照片就都收入全集内，借此保存。"或许是这些保存让她感叹"怅望千秋一洒泪，萧条异代不同时"。一位老人在历经人间苍凉和动荡后，拿起一张张发黄老旧的照片，对照里面的人，想起曾经的事，物是人非，回首过往，人生无常，世事难料，该是怎样一种说不清道不明的内心情感？那一刻，世间能懂的，恐怕只有她的心。

当年岁月早已不再，光景如抖落的尘埃，人又该如何去安抚慰藉那颗老去而凄切的心？照片在那个时候，就成为某种可以寄托情思和对话的载体。所以，在不同时期存留些照片，则应该是一件十分珍贵的事情。

我开始清理自己和家人的老照片时，是二十六岁那一年。一个人的一生，一个人的半生，已是天地两相隔的光景。万般往事，全部通过照片得以呈现。不同时间、空间拍摄出的影像，被拿出重新审视、凝望，内心浮现的是被剥离后的阵痛与回忆。可以说，照片是涌动一切情感的真实凭证。

听说，人物照最能反映当时人内心的真实感受。不管时空如何转变，总能清晰触摸到当初拍摄照片时的存在与精神状态。

通过老照片，能看到潜藏于内心深处的某种情愫，又能明显地触摸到命运在一个年轻人身上留下的烙印。那是一种令人唏嘘的岁月过往，曾经遭受的悲苦之情，会渗入肌肤与骨髓。回忆之后，总有一种非言语所能道尽的感慨与伤怀。

一次，我去冲洗照片，看到一张这样的照片：花色上衣，白色长裙，酒红色玛瑙菱形配饰，站在巨大落地玻璃窗前，目光空无，看着前方，窗外乌云覆盖。那是一张被人抓拍的照片，时间是 2007 年夏天。当时的我经历了生命的低谷、恐慌和封闭内心之后，第一次重入人群，显然出现了明显的不适应。整场活动期间，我大都静坐于酒店大厅一隅，看门前池塘里的荷花、远方大片空旷苍凉的田野以及从天而降的大雨，内心如同景色一样沉默。

离开酒店，已是傍晚时分，天空乌云肆意翻滚，大地一片昏暗。我坐在大巴上，透过有雨刷左右摇摆的玻璃，在深惠高速上拍下了这样的天地：昏天暗地，滂沱大雨与寂寥深邃的天空，深不可测。

回到家，大雨依然滂沱，天空始终昏暗、朦胧一片。我站在阳台拍下小区楼宇、苍翠树林和假山石亭，那一刻的天空有如当时的心境一样昏暗。面对此景，极力掩饰的泪水止不住地滑落，心情是那样孤寂、那样无助、那样怅惘。若不是这次去冲洗照片，我显然忘记了当时那样的时空、境遇和心境。正是照片在提醒我，自己曾经有过怎样的过往以及怎样的内心写照。

又一次，旅行途中，站在清晨的湖边，路人拍摄过一张背影给我看，我问能否传给我。后来，通过邮箱收到了。那天，天未亮，我赶着看朝阳升起时的第一缕霞光，它的确极美：初阳一层层缓慢递进，冲破云层，直到光芒万丈。天地瞬间被点燃，如同璀璨的烟花。清晨很冷，我的衣服也不够保暖，但它并没影响那一刻人被这绽放出的光所形成的独特美感所折服。

后来，我将照片用手机做了调色，以一种与现实反差极大的铬黄，作为时光消失后的纪念。照片是一段历史记录，因为人与景的碰撞，使得它具有特定的气息，那是对流逝光阴的感受与纪念。

人就是这样，在行走中保持沉默，越走越远，直至发生断裂。如同那个清晨的霞光，离开之后，我们将难以再见。

记忆仿如封冻的漂流瓶被丢弃在湖面，任其漂荡。照片就是对现实的纪念。那一刻仅存的感触，会成为历史，被时间与记忆定格，也让我在经历了生活变故及诸多内心变迁之后，有了更多更深刻更难以释怀的情愫。

照片，就是另一种生活重现，它如同生命本质一样被封锁于记忆深处，静寂无瑕并存留长久。人走出每一步，生活都在发生变化，这些变化能映衬出一个人的精神成长轨迹。而老照片则记录下这每个轨迹。

历经过往，走到现在，生活依旧，偶尔恍如隔世，所有的思念与回想，都被老照片隔开，人也需要做到及时从过去中抽离出来。它们被翻起抑或深藏于某处，都是对情感的一种尊重。之所以无法遗忘，是因为它已经成为身体里的一部分，无论你走了多远，是否离开原地。

亲爱的深圳

生活显然不会如你想的那样理想，无常随时会乘虚而入。梦境与恐惧，成为我对这座城市真实而直接的体验。

我对深圳的情感，是在离开之后才日渐感觉明显的。

如今每年依然都有固定时间回去一趟，处理一些私人事情。有时是清晨抵达，有时是夜间。每次踏上那片土地，一种熟悉的亲切感——微妙而复杂的内心感受，就会扑面而来。那里的空气，时而温润如春，时而闷热潮湿；还有泥土花朵、枯木老树、高山大海、光影与建筑、食物与声音，以及流动在世俗里的热闹所散发出特有的气息与味道，都亲切如初。

这个城市记录着我曾经生活过的足迹，其间所有微妙复杂的情感在我独自体验之后，我都会与孩子共享。他是驻扎在我灵性之上的又一个生命个体，我得以从中获得安慰与温暖。城市与人，人与情感，这些生命轨迹，在我童年嬉戏不懂忧愁的时日中，滋养了我独立、自由、爱与悲悯的气质。这是城市与时间给予我的成长礼物。

他们说，大城市象征美好、幸福，有眼泪、绝望，也有希望、欢笑，是天堂，也是地狱，这是工业社会带给城市角色的转变。规则、观念、主义、信念、自由、开放……每一位远离亲人与故乡的游子，聚集于某一城，各自游戏、沉醉，体会着世态炎凉、人情冷暖和成败得失。在某种程度上，城市更像是一个体验场，浓缩了人情百态及各种滋味，个人唯有独自消受和品尝。

如同芸芸众生一样，我最初去深圳，只是为了理想，后来遇见了爱和俗世里的幸福。这座城市满足了我所有关于纯简与自由、天真与勇气的想象，也粉碎了我全部的美好与安稳。这种巨大的落差，让我深切感受到了我所生活的是世间，不是童话世界，没有那么多花好月圆。

深圳很多角落都留下了我的青春印记。它给予过我温暖、俗世里的安逸和自得其乐、无以言表的付出与收获及心安与踏实。理想、物质、爱情、家庭、恩赐、宽宏、笑声与眼泪、奔波和挣扎，这些俗世里的因缘起灭、自然万象，让我一念天堂，一念地狱。重要的是，这里还有几位亲人似的朋友，在我历经亲人离世期间，他们给予过的温暖和帮助，让我看到了人性的美与光辉，这也是我此生难忘且要心怀感恩的。总之，这个城市给予了我一种微妙真切的情感，这是其他任何一个我居住生活过的地方所没有给过我的。

在深圳居住整整十年后的一个秋天，我决定离开。因为这儿的每一个角落都盛载了回忆和影子，而我又是那么不希望自己因为经历一场悲苦就从此沉沦下去。活着的人该如何更好地继续？一段时间成为我需要认真思考和直面的问题。最终，我选择离开，去往北京，在那里开启一段新的征程。

离开的时候，我内心平静，并无太多依恋与牵挂。只记得那天朝阳照常升起，日光和煦，深南大道美丽、干净依旧。整座城市中的人沐浴在晨曦的苏醒与活力中，与城市一道，相互辉映，生生不息。事实上，我从未曾想过有一天就这样离开一个地方。我曾经以为我的人生，会择一城终老，遇一人白首。但是，生活显然不会如你想的那样理想，无常随时会乘虚而入。

在深圳，我的半生如同他人的一生，在这座城市过早经历完成了一个年轻人以稚嫩肩膀所能支撑的一切。期间的人生百味杂陈，恍惚若梦。“城市犹如梦境：凡可以想象的东西都可以梦见，但是，即使最离奇的梦境也是一幅谜画，其中隐藏着欲望，或者隐藏着反面的恐惧，像梦一样。”深圳于我，就是这般如伊塔洛·卡尔维诺所言，梦境与恐惧，成为我对这座城市真实而直接的体验。

除此之外，还有我对幸福的感受。如果说幸福只是一瞬间的感觉，那么深圳无疑给过我这样的感受。某个清晨，阳光洒满大道，整座城市布满了绿色、阳光。清新的空气、干净的路面及匆忙行走的人流，我看着眼前的一切，一种莫名的暖流就会从心底缓缓升起。让人感到安稳、静好，那是 2003 年的春天。

再次回想关于深圳的所有记忆，时间已经走到 2013 年秋天。冬天凌晨五点起床打的赶最早的动车，离开深圳，天空黑暗，只有路边的霓虹灯闪烁着微弱的冷光。高层楼宇里，大堂工作人员在小小工作间里满是倦意地奔忙，电梯上下发出轰隆的声响。我一手提着行李，一手抱着小朋友，沿着小径疾行，钻进一辆静候的的士，去新建的车站。

一路望着窗外这座还没苏醒的城市，路边除了霓虹灯、茂密的树林，还有盛开的花朵、新旧参差的楼宇、狭长的马路，一切都是那么熟悉、亲切，车上音乐在那样的时空中显得怅然异常，那一刻，我的眼眶温热湿润了。一种久违的忧愁和无力感在内心深处开始涌动，这种涌动更多来自我对这座城市的情感及种种无以言表的、发自内心深处的温暖和挚爱，它在某个时候，总会一触即发。

有一年，为了获得一个新的身份，我反复辗转来回，上交各种材料和证件，参加考试。这是极其考验人的耐心和对事情本身承受能力的，期间的疲累和尴尬只有心知道。好在这是大城市，在处理事情时给人最直接的感受就是公平竞争，无需过硬关系，只要你具备相应条件，其他就是走流程，等结果。这也是我一直喜欢深圳的原因：自由，平等，公平，始终充满活力。

还有深南大道，带有某种妖娆且充满灵性的美感。除此之外，这座城市更有一种无法言说的包容与中性混搭气质的沉静美，需要用心去感受。它或许很难靠近，但向来不排斥；它是那么充满生机，却又如此富有温情。

如果你也曾经路过或者寄居过深圳，你或许会说，这座城市给人的感觉不过是无情、忙碌。但如果你长久居住于此，你或许就会这么认为，这座城市给予人的是多么繁盛和充沛的美好啊。因为你的青春与人生曾在此炽烈燃烧和尽力绽放过。

无数人涌动在这座城市，来了又走，走了又来，他们如同潮水拍打孤独的坚硬岩石，反复来回冲刷，让其外形发生了变化。他们带着青春的梦想和年少轻狂的热情来到这里，过渡，生活，栖息，实现。他们改变了整座城市的气息和味道，让城市的内核也发生着天翻地覆的变化。但城市回赠他们的却是：何曾失望，未曾吝啬。

某年十月，某个夜晚，我站在高空看新建的京基 100，这座建筑物超越了曾经吸引视线的地王，似乎预示某种更加开阔的视野与豁远。而深南大道则始终车水马龙，霓虹闪耀，宛如星辰流动。那一刻，建筑、景色、人流，所有一切都宛如一席流动的盛宴。

在我身后的露台上，一群孩子在父母的陪同下烧烤，他们相互分享，共同劳作，沉浸在属于自我的欢喜而无忧的时光中。他们是那么开心地投入，笑脸和眼前的场景浑然一体。我看着他们和眼前的景色，内心感慨万千，悲喜交集。正所谓天上一轮月，人间一颗心。

随后，我走进自己居住的房子，里面空空荡荡的，只有巨大的落地玻璃窗和家具，显得生硬、清冷。人站在房子中间，瞬间恍如隔世。我独坐在客厅的沙发上，清扫了一天的房间，人显得异常疲累，我就那样坐着，静寂如斯。看着眼前的一切，往事历历如昔，心绪涌动。物是人非，而我仿佛一个迟暮老人，看尽世事沧桑。

这些特殊的记忆提醒着我对这座城市的情感，是如此独特而丰沛。

显然，它是我所深爱的城市。无论日后我的脚步走多远、未来有多难，我都不会忘记这座城市曾经给予过我的爱与温暖、无私与丰沛。在深圳，我播撒过的种子、刻下的烙印、收获的爱情，都是我成长路上最为美好的恩惠与养分，支撑着自己不停向前行走。

我必须要感恩深圳，感恩它赐予我的一切。它让我懂得了努力的重要性、爱的无私、宽宏的力量及如何面对人生的无常。这些让我确定了自己的信念，及如何更好地活着。

暧昧的北京

城市就像一个体验场。人们聚集于此，各自游戏、沉醉，体会世态炎凉、人情冷暖。

“这的确是一个美丽的世界，殊不知，这样的美丽并不适合居住。今天的世界是安定的，人们很快乐，他们要什么，就可以得到什么……他们富有，他们安全，他们幸运地对激情和老迈一无所知……”

在一本书中读这段文字的时候，是我来北京的第一个冬天。那一年冬天来得很早，似乎也异常寒冷，习惯了南方温暖的冬天，一下子整个人都觉得难以适应。

城市，是世界的一个组成元素。它让我想到当下的北京城，在某种程度它也并不适合居住。一次我对朋友说，你看北京，一到冬天就有雾霾，春天就有沙尘暴。人出门得把自己包裹得严严实实，怪异得很。他说，这算是比较好的，北京最让人无能为力的是堵车。严重的时候，前方看得到目的地，但车就是怎么都没法移动。没事还好，有事，那个着急啊，无以言表。以前我觉得自己是一个急性子，现在被北京的堵车磨得早已没有了脾气。

我说，既然北京这么不适合居住，为什么还有那么多人往里涌，在这里蜗居，起早贪黑，随从大波人流，机械而疲惫地生活？他说，为了面包、爱情、理想、追求种种，不得而知。说完这句话，他无奈地笑了起来。又问我为什么从深圳来到北京，毕竟深圳更适合居住。

我微微一笑，看到眼前密密麻麻的人群，不知该如何回答。后来想了想，大概是因为某个时间段做了一种选择吧。它是某个生命阶段中的一个分水岭，是新生的源泉，是与过去自我的一种全新的告别仪式。又或者，它是人生中必然要走的一条路。

在北京生活多年后，的确有了新的成长与心境，这个城市所具有的厚重、宽广、悠久的气质，让人能完全沉静下来。但不知为何，北京于我始终陌生，无法真正靠近，但亦不失对它的热爱。这样的关系之所以不矛盾，是因为我对生活始终抱有期望。所以，北京在某种程度上，对我来说是一个未知的起点。人在其中，偶尔有困顿、无助，像童年迷失于游乐园，找不到出口。心有所宿，又似乎无所宿。在走过早期的迷茫与煎熬后，却感受到了后期的静寂与随遇而安。北京，某种程度上就是这样让我若即若离，充满生疏。

在这里居住，总感觉自己像过客。每次从外地回来，在车上隔着玻璃看楼宇宽路，车水马龙。回到家中，心灵方得到暂时的歇息。那一刻，心中开始明白，从最初离开生养我的地方，到后来辗转于深圳，或许是为了挣脱束缚，或许只是听从内心，追求想要的生活。诸如此类，使得北京成为我因缘际会的驿站。

在追寻梦想与谋生的旅途中，前方的路充满挑战。而后面的路，则让人能清晰地看到生命的脉络和意义所在。这些无疑是北京带给我的真实体验。

在北京，为了更加接近这座城市，我喜欢乘坐地铁。在地铁上，用眼睛和心观察着陌生的人群。他们要么发呆，要么一大清早就仰头打瞌睡，更多的则玩手机游戏，手机滑不停。地铁上的人表情各异，皆低头凝视，全心投入。

一次看到眼前的小朋友应该不到三岁，由父亲陪同，小朋友在将近二十分钟的时间里，紧盯平板屏幕，他的小手小脚不停滑动，应该是在玩一个什么游戏。看得出，他的表情紧扣游戏里的节奏，兴奋异常。而他的父亲同样将手机屏幕不停刷新再刷新。他们全程无交流，在这个小小的地铁空间里各自娱乐，各自欢乐。旁边还有一对年轻人同样拿着手机聚精会神地玩一个什么迷宫游戏，色彩光影不断跳动，伴随着他们的笑声和惋惜声，完全沉浸其中。年轻人对游戏的专注和痴迷程度让我觉得惊奇，他们怎么会有如此大的乐趣？

我不知道很多年前，没有这些娱乐工具时，人们是如何打发地铁上的时光的。但在北京地铁上你看到的人就是这样，乐此不疲，独自沉醉，全然不顾周围人的反应。甚至，你在这里看到的人的表情似乎都千篇一律。

记不得在哪里看过一句话，大意是说，所有人类文明与素质的提升，都是建立在良好的阅读习惯及基本伦理道德的根基之上的。而今天，城市中的人被焦虑所俘虏，被速度所追赶，充满太多的仓皇不安。人们的阅读被片段和毫无营养的文字所占据；被电视、游戏和一切现代电子工具所消耗；总想用最短的时间了解更多的信息，达到最有效的目的。事实上，这一切都是虚妄。用哲学家赫伯特·马尔库的话说，今天我们生活的时代宛如“丰饶的监狱”。人们在里面可以获得物质，满足一切欲望，但心灵却难以得到自由。人们深陷于无止境的欲望之中，以致迷失自己，无从获得快乐。

人们似乎很少审视自己究竟为何而活。沉闷无聊的生活会像沼泽一样，让人越陷越深。很多时候，即便他们表面上是那样精致和奢华，但依旧掩饰不住内在的焦虑和不安。

显然，北京也有惊鸿一瞥时遇见的美好与高尚，这也是它的可爱与独特之处。这座城市因为文化底蕴深厚，聚集了各个行业为梦想挣扎、为理想努力的人们。他们因为这样或那样的原因在这里付出青春。所以，这又是一个大气包容的城市。它的大气如同一望无际的长安街，气势磅礴；又如同天安门的宏伟与庄重，充满仪式感；还有胡同小巷里的吆喝声，满是历史感，却又不失市井的平民味。这些，注定使这个城市的气质和性情与其他任何城市都不同。

这座古老悠久的城市，处处是历史留下的沧桑见证。红墙绿瓦，老树胡同，斑驳老旧，人行走其间，竟有隔世之感。这个城市极具沧桑又不失原始贵族气息。还有春天的杨柳飘絮，冬天运河的白雪皑皑。从此意义上来看，北京又像一位历经沧海、无私宽宏且能厚载万物的情人。它充满悲情但不失迷人，自带坚毅又不失柔和，粗糙里夹杂某种细腻，让人心生爱慕和敬仰。

很多时候，你会觉得这个城市就像这个国家，显得如此庞杂、宽阔、拥挤，偶尔还那么匆忙，但它又能宏观展现民族多元性和包容性及厚重感与恢弘感。有时它会变得空旷、宁静；有时它会显得傲慢并具备某种庄严、权威及厚实的力量。而生活在这里的大多数人，或镇定自若，或麻木不仁，或焦躁不安，或独醒自居，各怀心事，匆忙赶路。

北京，一座我曾在此学习，后因生活变迁，移居而来的城市。它给予我俗世成长及诸多的内心历练。它使得我更加热爱这个国家和在这片土地上认真、用心生活的人们。即便我对它的感情始终若即若离。

我愿意站在远处观望，用心观察与体会这座城市的一切。更希望有一天，我对它的感受能更加深刻、亲近；我也十分庆幸自己能在这样的城市，沉静、大气、敦实地生活。

处红尘之外，看流水花开

忍耐是美德。不被时间追逐，便能从容自如。

“自然不仅是我们人类永远的母亲，也是我们伟大的导师。人与自然之间应该形成新的关系，不是征服和榨取的关系，而是应该转换成合作和同伴的关系。”

“夜深人静，我偶尔会因咳嗽而惊醒，看到皎洁的月光映在窗户上，我打开窗户。月光是白色的，雪是白色的，整个天地间银装素裹，我的心变得暖融融的。”

能读到这些安静柔和的句子，真是一种幸运。我一直都认为，与人的因缘相遇，可以感受人性的成长；与书的美好结缘，无疑会获得智慧的增长，这也是福报的一种。

读这些时，我所居住的北京城正经历年末的第一场小雪。窗外霓虹昏黄，飘曳的雪花一片片如杨柳飞絮撒落地面，茫茫之中一片洁白。因为过于寒冷和偏僻，外面已无人烟，错落不齐的楼宇和光、景斑驳映衬，在夜色中显得格外清冷和静寂。那一刻，物我两相忘。

《活在时间之外》是法顶禅师身居山林中修行生活的所思所想，他以亲近自然的方式置身宇宙之间，从而与自我产生联结，做出有效的对话与记录。吃简单的食物，过纯朴的生活。“出入房间的是清风，与我对饮的是明月。”以这样的姿态独自思考完成“我是谁”“你幸福吗”“我为什么活着”“活着为了什么”“人与社会及自然之间的关系”等诸如此类原始而终极的问题。

他身处红尘之外，看流水花开，与鸟兽同坐，种菜听音乐，喝茶也授课，推崇自然生活，通过感悟与思索，直击工业社会给现代都市人带来的破损与无奈。“如果什么都想占有，人就会变得粗鲁迟钝，因为没有清爽的风可以通过的空间”，诸如此类的言论，如同缰绳，鞭策身心，让人感同身受。

回头细想，当今社会中的人，为了争取更多的利益，尔虞我诈，甚至不惜反目。人们如此不懂珍惜与节制，或许是一切来得太容易，而难有感恩之心。人性中的贪婪与执著，频繁上演竹篮打水一场空的经验教训。

当下的社会，人们所崇尚的价值观是“成功观”，而成功的标准则是物质财富。为此，急功近利，谋名求权，在此旋涡中深陷，从而让自己的生存空间日趋萎缩。而人的精神也变得匮乏，灵魂也得不到慰藉。人们在这样的环境里会变得日趋机械、沉闷、无序，欲望无止境，有如黑洞。在这个光怪陆离的时代，我们置身其间，无法安静，躁动不已。无心欣赏眼前的云朵花草，无力阅读一段简洁的文字，有时为了一点微小摩擦就可以大动干戈。在无力平衡生活时，利益与物质便成为枷锁和负担。我想，终究有一天，我们会为这些日渐迷失的生存方式付出代价。

自从挥金如土的消费生活开始以后，我们的行动就变得无比焦急、粗鲁、残暴。我们太在乎表面的发展，而忽略根基的扎实。我们会无形中被物质、被所谓成功带来的诱惑牵扯着行走，以至于成为它们的奴隶，最终无法挣脱，陷入混乱、无序和焦躁的境地。

社会由人构建，向往美好与幸福是人的天性与本分，但实现这些首先需要每一位付出爱与善心。如此，社会才能充满清净幽香的气息，人才能更好地懂得和理解生活，并做到取舍平衡，使人与自然和谐，并从中更好地发现生活的秩序与规律。

“有时候时间能解决人脑解决不了的问题，所以说忍耐是美德。对不能当场解决的问题，可以先好好睡上一觉，第二天再去想怎么解决。越是难解决的问题，越不能草率行事，而是应该退后一步，静观其变。这才是智慧的解决之道。”

俗话说，时间能解决一切。我想起多年前的一件事情，最初处理起来非常吃力，毫无头绪，无法产生有效的沟通。后来，干脆丢弃一边，当此事没发生一般，依旧日出而作，日落而息。

现在回想，之所以能做到如此，大抵是因为内心有一股无形的力量支撑着，那股力量积蓄了光亮，仿佛信仰般给人希望和方向。约两年后，当我又开始办理它时，结果一切超乎寻常地顺利。这也让我更加确信，很多事不必争，无须要，来去自有归期。这样的心态影响了我后来的人生观和价值观，也让我开始重新以新的方式对待自己的生活。

时间给予我们动荡、变化、无常……期间，我们是否能做到静观其变，隐忍等待？让事情本身去削弱、淡化，不借助外力解决一切，是我们需要学习的生活技巧，这也是智慧之道。如果我们不是被时间追逐，而是不慌不忙，那么不管在什么条件下，我们都能从容自如。那些智慧的老人在风霜中终能理解时间的秘密。即是如此。

法顶禅师虽然隐居寒山孤寺，却未曾脱离世间万物，或许正是这样的距离和客观，使得他更能以哲人的睿智、禅者的空无，去看待凡尘俗世、人间悲喜和无常虚幻。他的文字朴实、真挚，无教条，字字箴言，看似琐碎、微小，实则饱含着生活的至美纯善。他外在清贫，却不影响内心的丰盈。其心性清澈明净，润物无声，给人以思考与启迪。

“活着就意味着要承受痛苦，生存就是在痛苦中寻求意义。”“我们不能敷衍了事，不能匆匆了断性命。活着是什么？当然是自我燃烧。不是燃烧其他，而是自己熊熊燃烧，最后成为灰烬。”他这样谈论生存及活着的意义。似乎只有如此，我们才能不因虚度年华而悔恨。确定自己想完成的事，并于每个瞬间都去专注于它，然后心无旁骛、专心致志地去执行就好。世上并没有那么多的计较纠葛与是非对错，人只有在一件事上持续一定的年月与精力，才可能产生热爱，从而充分感受生活带来的自由，为此也让生命绽放。

毕竟，人最终都要照自己的方式去生活，而不可能千篇一律。每个人都应该清醒地活出自己的人生，对人生保持敬畏，去应付一切繁杂万事。观自在，看周遭，无贪念，不奢求。直到有一天，我们安然离去。

如何深处尘世之间，超脱于繁琐、欲望及纠葛，以清风明月般的心境从容面对一切？在他看来，唯有独立于时间之外，感知身边一切有灵众生，善待世间所有美好存在。所谓一草一天堂，一叶一如来，就是要放下所有羁绊，清扫内心的尘埃，同时节制欲望，别让物欲蒙蔽了双眼，迷失了自我本性，并学会跨越时空与自己对话。

你终究要信时间，它会在适当的时候应验，安排你完成想完成的事。在这期间，你只需做到忠实于自己的生命，心无旁骛，甘愿自足，并满怀激情从你所做的事情中找到乐趣。这样，你才会看见水流、闻得花香，清澈雅致之感不言而喻。生活会因为你的用心与专注而变得有趣，充满芬芳，更有诗意；人生也会因为你的钟情与省思而变得完美。

所谓活在时间之外，不仅仅只是一句口号，更需具备毫无杂念的“无心”境界。所谓智慧、有情趣的活法，大抵都需要时间的历练及自我觉醒的修行。

此外，法顶禅师还多次引用佛经以及克里希那穆提与老子的话，他说：“经过漫长岁月的过滤而留存下来的人类经典，每次读的时候，新的道路都会呈现在眼前。只要有这种智慧的教诲支撑我们，人类的家园就会历久弥新。”

“山里的风声让我们的心灵变得清洁而平静，就像刚刚清扫过的庭院。风洗净了人类都市里的各种污染，打开毫无杂念的‘无心’境界。”正是这样的境界，使得法顶禅师能够数十年如一日地体悟生活，舍弃人世浮华，不随波逐流，并获得属于自己的皎透静澄和清澈芬芳的人生。

chapter 3

执念若能释怀

你为什么活得那么纠结

痛苦，只因你不够专注

可不可以将就过一生

傲慢不可长

情绪橡皮筋

你的相貌就是灵魂的样子

快乐发自内心，不请自来

没有什么是一定要得到的，亦没有什么是不可原谅的，更没有什么是要去死守不放的。

天舒供图

你为什么活得那么纠结

知道自己想要的生活，却终究没有勇气和信心去打破。前行需要冒险，待在原地是最简单的。

大城市有好工作和高薪资，可以获得新的成长，能重新发现自我并得到外界认可。而在小城则已获得稳定与安逸，还有父母帮忙打牢的根基，只是光阴都在消耗中虚度，工作麻木且机械，生活也没有惊险和激情。两者之间，难以平衡和抉择，于是纠结。

其实纠结没必要，只需要扪心自问一下：你想要的生活是什么？是否有勇气放弃一些东西？

这个世界的公平很多时候都来自内心的抉择。对当下那一刻的决定，需要权衡日后是否能承受得住其后果；无论平坦还是艰难崎岖，你是否具备一路前行甚至另辟蹊径的判断能力；还有生活的击打防不胜防，你能否能以积极态度去面对……诸如此类考验，想要告诉我们的无非是：待在原地是最简单的，前行则需要冒险。生活宛若行走于钢丝，有时候寸步难行，需要你付出勇气及一颗开拓进取的心。想优雅又安稳地行走，只能是痴人说梦。

在现实中，你想要生活有新突破、身份重新被界定，这需要时间与耐心，还需要重新付出。还有，你是否具有完成提升自己的动力与勇气？倘若你难以做出尝试，纠结就会不断循环，令自己停滞不前，其带给内心的困扰不言而喻。

因抉择和质疑产生的纠结，源于你对当下选择的不果断，最终考验的是你内心的勇敢与智慧。他人给予你的仅仅是参考，心门的钥匙始终握在自己手里，问题的解决，最终还是需要自己去寻找及实践。

你需要清楚地了解自己，什么是你想要的，什么又不是你想要的。苟且度日与不断超越自己，往往只是一念之间的事。在某一件事上，唯有意识与行动一致了，人才能获得愉悦和顺畅。就如同在舞池中央，只有与舞伴步伐协调，才可能双双自由飞翔。

一个人倘若总是在纠结中徘徊，虽然知道自己想要什么样的生活，但终究没有勇气和信心去突破，那么，他就只能选择一种更为慵散、保守的生活。每个人都有选择自己生活方式的权利，这没什么不可以，前提是你必须要为自己的选择承担责任。

还有一种纠结，人经常会质疑自己与伴侣间的情感，并由不信任而产生矛盾，它像心魔一样折磨自己。这种纠结，若能止于信心，兴许会相安无事；倘若产生毁灭或破坏性行为，最后令双方心灰意冷，则多少会让人觉得些许遗憾和无奈。这样的纠结，其实就源于不够自信、杂念太多，因胡乱猜想而捕风捉影，使得一段良好的关系病入膏肓。我执，正是产生矛盾与困顿的源头。

在现实生活中，我们面临的纠结除了工作和情感上的，还有生活所带来的困扰。比如，在毫无发展空间的单位工作，唯有消磨时间和精力，去获得看似完美的安稳；生活中无尽的压力，房贷、孩子、老人……需要承担的东西太多。

现实往往比理想真实而残酷。尽管想改善家人的生活条件，但现实琐事往往又将我们甩入一个两难的境地。不是没有动弹的空间，只是在权衡利弊后，感觉寸步难行。这样的纠结大抵因理想与现实的冲突，想得到更多，但现实中又难以获得更好的突破机遇。这种打破与重塑自我的较量，需要破釜沉舟的勇气。其实，人的纠结，往往在一念之间。内心的杂念与干扰太多，是纠结的根源。

大约两年前，见过一位朋友，他已经获得俗世里的功德圆满。因为工作和生活需要，他一直在抉择中度过，为此，耗尽了他大半生的时间和精力。面对最难抉择，他选择凭直觉与心灵感应去判断，最终决定事情走向。这种带有赌博式的选择，有如游戏般，日后为他带来优厚的物质生活的同时，他亦为此付出了代价。也就是在这样的过程中，他学会了不带任何期许地与生活讲和。他最好的经验就是，以简洁、宽厚之心，为自己搭建一个舒缓、安静的内心平台，了解自己的喜好与目标，然后努力去完成，从而获得真正意义上的自由。

有人说，人的纠结，要么因为我执，要么因为无明，去追求了错误的东西。而在我看来，人的不纠结，却完全来自那一刻你对生活的抉择与判断，它需要勇气、智慧及一颗坚定的心。

吃简单的食物，喝干净的水，用纯简的心态对待自己、他人，那么生活就是简单、纯洁、没有纠结的。反之，把一切想得繁重与复杂，它就会变成你想象的样子。而事实上，生活，你想它有多复杂它就有多复杂。人也是如此。

痛苦，只因你不够专注

专注与名利无关，与淡泊相连；与热闹无关，与宁静相通。

我们在练习瑜伽的时候，老师频繁说这样一句话：专注于你的当下，专注于你的呼吸、体式、内在及身体感受，通过专注获得身体与心灵的相通。

现实生活中的专注同样如此，它体现了你对待某一件事情的态度。比如，你在看一朵花开的样子，能否表现出足够的专注；或者你在做家务时，能否做到不被外界影响或干扰。

"眼前这一刻便是专注的，是真正值得我们拥有的。我们的一生，由一分钟接着一分钟组成，如果，我们因为想其他事而错失这一时刻，它们将永远消失。如果将自己的意识放在眼前所做的事情上，不论是什么事，心本身将被净化。这么做不会有压力，事实上，心还会觉得这是十分愉悦的经验。"英国的女瑜伽士丹津·葩默曾这样谈论过专注。她还说，"做事如果经常专注于眼前的一刻，将有助于我们把日常生活转化到非常深的层次。"

对于我来说，专注就是做好每一天自己分内的事，让自己投入却并非沉溺其中。之所以说是投入，是因为，投入可以感知内心的愉悦和完成后的美好，可以随时进入状态，也可以随时抽离出来，让大脑清空，获得新的出发点。将注意力全部集中在事情本身上，并且通过事连接心，就能知道自己在做什么，并达到忘我的境界。而沉溺不同，它只会让人难以自拔，且不懂得通过“制感”获得“控制感官”的能力。若要形容的话，它更像溺水，是一件非常危险的事。

“故不积跬步，无以至千里；不积小流，无以成江海。骐骥一跃，不能十步；驽马十驾，功在不舍。锲而舍之，朽木不折；锲而不舍，金石可镂。”在中国传统文化里，荀子早就推崇和倡导过“专注精神”。而在我们的邻国日本，从明治维新以来，就一直推崇“匠人文化”与“匠人精神”，这同样也是专注的一种。

在现实中，我们会看到很多人一生只专注于一件事，并且精益求精，不厌其烦地做到极致。这种极致便是“匠人文化”与“匠人精神”在现实生活中的反映，它是对个人精神的重要支撑，其中有沉淀也有执著，让人心生敬畏。

日复一日，年复一年，长年累月的坚持，那种孤独、静寂带来的内心感受，是专注后的体察。我们在这样的时光历练与体验中，会形成习惯，获得笃定、忍耐的品质。

某种程度上，专注可以使内心变得更加强大，但前提是你必须安静，并且看到一切世间万物的真相。知道自己为何而活，明白你做那件事的意义，及是否能给你带来真正的快乐。

对于我来说，这么多年以来，一直未曾改变的事就是坚持写作。虽然它未曾给我带来现实与世俗性的改变，但在写作的过程中，内心始终有一个声音在引导、指示着我不断往前。就这样，我通过日积月累的训练，获得了心性的成长，尽管我知道自己的文字依旧存在很多的缺陷，好在，我一直有勇气和信心往前走。

有时候，我也会怀疑，将大部分时间和精力用于写作，是否真的有那个必要。但慢慢地，我觉察到，人在某一件事情上的专注程度越深，收获就会越大。在专注一件事的过程中，通过积极和不断的创造，一步步实践及努力，付出精力与时间，就能获得自己理想的目标。它有可能是精神的，亦有可能是物质的。在整个过程中，你无须想太多，专一事，尽人心。

而与之相反，如果一个人在某件事情上，总是三心二意，今天这样，明天那样，就永远都不知道自己想要干什么。吃饭的时候想去看电视，看书的时候想去玩游戏，工作的时候想晚餐在哪里吃。总之，心浮气躁，很难有精力和耐心专注于某一刻或某一件事情上。结果，时光和精力在蹉跎与选择中荒废。从这个意义上来说，知道自己想做什么、能做什么，终究是有福的。所以，“欲多则心散，心散则志衰，志衰则思不达也”，算不算是对不够专注之人最好的点拨与提醒呢？

在生活中，不要相信天上会掉馅饼，亦无捷径可走，更不需要无厘头的心血来潮。你只需依据规律及自我约束，投入时间和态度，将一件事情真正用心完成，这就是我对专注的理解。

大约在一年前，我采访过一位京剧大师。他参加一个行业内的比赛活动，因为获奖引起一定轰动，为此被行业内及喜好京剧的人所熟知。就这样，他从一个默默无闻的人成为一个有影响力的人。他真正做到了“台上一分钟，台下十年功”。他说自己在参赛前几天，经常将道具随手带着，睡觉时都是贴身放。正是这样的专注与沉醉，让他在不断的努力中持续获得一些成绩，并且将自己的潜力完全开发出来。

这种由于专注而带来的忘我精神及精益求精的态度，需要时间，亦需要毅力。专注的人，他们从来不显山不露水，也不太关注外界俗世里的名和利，他们更多的是想做好自己，本分地完成力所能及的事。他们因心无旁骛，而让专注品格定型，形成好习惯。即便外面喧杂热闹，内心始终安静如斯。

关于专注的品格，在禅宗那里得到了完美的诠释。人们所说的禅坐就是一种专注，通过最大限度控制并管理好混乱的内心，使自己进入心静的境地，获得悟性。而这样的觉察与体悟需要经过反复、简单、持续而长久的实践，唯有经历这样的专注过程，一个修行者最终才能成为智慧而豁达的禅师。

这就好比我们在生活中看到的，很多大事的完成都是从一点点小事做起的。比如画家从素描开始，木匠从反复来回拉大锯开始。点滴积累与长期持续的专注，最终会让人看到不一样的结果。这些工作都需要来回重复做同一件事，其间的枯燥与寂寞可想而知。经常有太多人熬不过，半途而废。在当今这个急功近利的世俗时代，人们总想一夜成名或者急速暴富，甚至铤而走险，被无底线的价值观牵着走。事实上，正是这些错觉带来的诱惑导致了当下人们的浮躁。

专注与名利无关，与淡泊相连；与热闹无关，与宁静相通。在专注的过程中，你可能会面临质疑、不悦甚至难以坚持的困顿。而这个时候恰恰能够考验你的毅力是否坚定，态度能否始终如一……所有这些，对人既是试探，也是历练；既是考验，也是洗礼。

世间向来充满热闹、诱惑、喧哗，干扰未曾间断，而你的内心，能否做到淡然与坚持，则要看你是否有专注的心态，让自己低头劳作，执著前行。

我们的一生中，时光、情感、人事终究有限，我们所能掌控的也没有那么多，如果可以，你尽可跟随本心，与慈悲共进退。专注做好一件事，其他的交给时间与机缘就好。

可不可以将就过一生

你生命里的每一件事都是由你制造，受你吸引，被你“模塑”出来的。

有人留言给我：人可不可以将就过一生？

这几个字呈现在面前时，我先是发愣，因为我不想敷衍，决定以文本的方式回复她。以我所有的经验记录下对此问题的思考。

曾经的我，贪恋着时光里的安逸，自得其乐。挣钱、逛街、看电视、买杂志，择一城，爱一人。生活里的满足与温暖，如春风般和煦。如今回想，那无疑是我人生中最为美妙的一段时光。我的生活不惊不险，四平八稳，努力付出，得到，包容，给予。旷野里的嬉笑，高山上的瞭望，清泉里的影子，明澄洁净，无所思，亦无所虑。

但因为无常，我的命运如琴弦崩断，瞬间，世间只剩寂静一片。生活给予我的困顿与打击远远超出我的承受能力。于是，安静成为我内心迫切的需求。很长一段时间，我害怕听到声音，不敢看电视，不想听到手机的铃声。人心如同沉入海底，又或者像穿越黑暗隧道，这样反差巨大的身心变化，提醒着我，生活只能往前走且义无反顾，即便孑然一身。

就这样，我开始要求自己必须与以前有所不同，首先要做到的就是不能将就度日、浪费时光。我总觉得，时间过得非常快，无常随时会袭来。我不知道这是不是阴影，还是自己真的已经觉悟到一些什么。当时唯一能做到的事，就是将时间全部利用起来，阅读、写作、跑步、散步、看风景，让心沉淀，重新领悟生活的美好。

我始终相信，一个人最好的变化，“不是在经历诸多变迁和动荡后看破红尘，而是在经历此生活后，依旧能热爱生活，相信爱及美好。”这样的生活态度使我的内心产生诸多变化，甚至对我的生命产生重要影响。让我抛弃了对金钱、物质、环境、名利等诸多外在的追求，转而更关注内在的灵魂和精神。

比如，我可以不计较俗世里很多有形产物，能做到随遇而安，还可以做到相信机缘变数，接受世事无常；我相信生命中有些变故是恩典和礼物，唯独无法将就或者得过且过、盲从、随波逐流，而是更为精进、清醒，全盘接纳当下发生的所有，这些也是我对成长新的要求。

之所以觉得人生无法做到将就，是因为在我看来，活着的人依然需要努力，在坚持和笃信中，完成生命赋予的新使命。这里面没有那么多执拗和是非对错，有的只是你对人生的修行态度。

后来，自己越发觉得没有什么是一定要得到的，亦没有什么是不可原谅的，更没有什么是要去死守不放的。我总是担心自己会盲从，在追随过程中身心变形，为此，需要不停地跟内心对话。我欣赏心底有沉香、从容悠游尘世的境界，且望有一天能真正做到，心无所住。

我想这应该不是一种悲观的生活态度，而是人本性散发出的质朴以及随着年龄、阅历增长后的包容、柔和的生活态度。我相信没有谁愿意将就打发这一生，亦没有谁愿意庸碌平淡过一生，谁都希望自己的人生精彩纷呈，花枝繁茂。

只是我们都很清楚，很多时候，生活的不可控和无常，更加需要我们具备“得之我幸，失之我命”的心态。除却珍惜并感恩当下我们所遇见的人、事、物外，最重要的是不再有贪念与妄想。

“你生命里的每一件事都是由你制造，受你吸引，被你‘模塑’出来的，而一切的造作都有相同的目的——治疗自己、增长体验、建立信念。所以如果你想要改变你的感觉，你将依照自己渴望的模样塑造出未来的命运。”罗伊·马丁纳的这段话同时也让我想到，如果你觉得人可以将就过一生，它就可以；若不可以，它就会呈现出积极和乐观的一面。这种心态会直接给人传递力量，改变生活态度和情绪，从而间接影响生活的改变。在人生这条修行的道路上，很多终极问题大抵已经注定，而无法确定的是我们的心，以及我们对未知道路的信念与期待。

如果我们已经不再年轻，那么我们是不是可以更加任性地去完成和终结一些事情，以燃烧、穷尽自己的方式结束余生？而不是浪费、逃脱、纠结，半途而废，将就度过此生。

傲慢不可长

一个有傲慢之心的人，因为自视甚高，而难以表露慈悲心怀，他们的举止反而总是难以掩饰个体卑微的无知与愚昧，所以，他们表面看似强大，内心实则极其虚弱。

一个读书活动，自愿参加的，就像是一个自助派对，各自尽兴，有所收获就好。在现场，我注意到一位中年女子，她身体微胖，穿着随意也不失亲和，言谈举止让人觉得舒服。比如，她在给你递上一杯咖啡后，会非常细心地提醒你："因为我们不太了解大家口味，所以咖啡没有放糖，大家可根据口味自由添加。"然后看着对方的眼睛微笑，离开。

她的语言和动作非常和悦，让人如沐春风，很多人以为她是一位服务人员，只有我知道，她是一位企业老总——读书会场地的提供者。本来她完全可以坐在一旁，不顾不问，可她却主动端茶倒水，一点都不介意自己的身份和地位。

期间，一位"八〇后"姑娘或许是因为对活动不满，抑或其他原因，突然对老总说：“我们出了三十元，你们就给大家一杯这样的咖啡？也太吝啬了。我现在肚子有点饿，能不能有点心吃？”语气非常傲慢、无礼，一副盛气凌人的样子，全然不把对方放在眼里。

这位老总以智慧的方式化解了这个矛盾。即便觉得对方有不妥，她依然对“八〇后”姑娘微笑：“抱歉，我们只有咖啡，外加曲奇饼，若需要，可自行去取。”然后转身离开，似乎什么都没发生过一样。

之所以觉得这位“八〇后”姑娘傲慢，是因为她摆出了自以为是的姿态，以为“我出钱参加活动，你就得为我服务，而且还要有好的服务，怎么也得让我出的那个钱值得”。

生活中有很多类似这样傲慢无礼的人，在我看来，很多时候，这是他们内心不够强大的表现。他们因为自卑，喜欢以自我为中心，所以热衷于在对方身上找存在感：“我就是好的，你为我做的一切都是应该的。”

傲慢的人，很多时候说话是不经大脑考虑的。他们从不会顾及他人的感受，也不管对方是否能接受，这种人言语中的莽撞与自以为是，总是表露无遗。有人说，傲慢的人必定有一副谄媚的面孔，因为总是希望得到别人的尊重，往往失去了自己应有的体面。他们经常人前这样，人后那样，一方面讨好、奉迎，另一方面又唯我独尊，总是很难让人看到真性情。

这样的人，在日常生活中随处可见。比如，医院里的某些工作人员，很多时候对病人都是呼来喝去，毫无礼貌和尊重。病人多问几句，他们就以极其不耐烦的态度对待。

人应该谦卑点。对他人要求少些，对自己的要求则尽可能苛刻些。如果我们能自己动手，就尽量不要他人的服务，即便在餐厅吃饭，也是如此。虽然你支付了相应的费用，但不管如何，对于服务人员的礼貌和周到，都要心存感恩。

若一味想着，我出钱了，你就得为我服务，抱有这样想法的人就容易产生傲慢心，而且很多时候也会反映出一个人的无知和愚昧。相反，很多有极高地位、学识修养好的人，他们表现出来的，却处处是谦恭。

我们应该欣赏那些有谦逊、平和之心的人，对人、事、物，保持既不仰视亦不俯视的心态。这样的人会平等对待外界的一切，没有所谓身份地位的高下之分，有的只是一颗待人诚恳之心及看得见的涵养和礼貌。

这类人内心强大，没有对抗；他们善待了别人，也尊重了自己，彰显了高贵；他们没有我执与自我之心，反而活出了自己。

而很多人自觉有一副好皮囊，就自我感觉良好；有高学历，就歧视低文凭；有好的身份地位，就以为可以为所欲为……于是，傲慢之心就不断膨胀，让周围的人只看到他们所谓的优越感。

通过对比我们就会发现，这样的人，反而让人同情和怜悯。因为他们不知道，人的心性总是因善良和慈悲而更加美好。事实上，一个有傲慢之心的人，因为自视甚高，而难以表露慈悲心怀，他们的举止总是难以掩饰个体卑微的无知与愚昧，所以，他们表面看似强大，内心实则极其虚弱。他们咄咄逼人的气势下掩藏的实际上是那一刻的脆弱和虚妄。睿智的人，遇见这样的人，多半会对其保持一定的距离，并对其言行一笑了之。因为他知道，一旦与这样的人产生对抗，就容易使自己也陷入无知、愚蠢的境地。

谦虚使人进步。而傲慢的人，因为太过于关注自我，反而表现得过于失去自我。比如他们对外界表现傲慢之心的时候，实际上也表露了对自己的不够尊重。因为内心的虚弱与自卑，当他试图从外界去寻找存在感时，反而失去了自我。

生活中，那些谦恭、有礼之人更易得到好人缘，而那些内心不够强大、自视过高的人则容易被人疏离。前者会受人敬重，后者就总是让人敬而远之了。

对每个人来说，傲慢之心都不可滋长。

情绪橡皮筋

谁都没有权利，让别人为自己的坏情绪买单。

无论工作中还是生活中，总有人不懂得自我控制，在他们向外界、向他人发出糟糕情绪信号时，大多热衷于从自我感觉出发，无端地让他人为自己的不妥情绪买单。潜在的意思就是，我现在心情不好，是你惹怒了我，我需要通过对你的讨伐与发泄，来让自己获得平复。

有的人可能因为家事繁杂，扰乱内心，不懂控制，而无端向你发脾气，从而使一个很小的矛盾，习惯性地被扩散，最终成为伤害他人的源头。还有的可能因为公事压力，疲累过度，不懂调节，因而随意向他人毫无克制地宣泄，希望他人像海绵一样，可以被迫地吸收他的负能量。

我曾经接到一个电话，对方没说两句，就声音哽咽。她是那种直爽大咧、心里也装不了委屈的人，因为性格隐忍，被人批评的时候，多是独自吞下，然后再找个可靠的人倾诉。

她说，自己因为设计有一个小疏忽，被老板劈头盖脸骂了一通，而且说了很多她难以接受的话，当时她的泪水就在眼睛里打转了。我理解她的心情，谁的工作都不可能处处完美，小细节、小漏洞在不影响大局的前提下，完全可以改。事实上，以我对她的了解，她还算是一个在工作上严谨、尽责的人。

因为她任职公司的老总也是我认识的朋友，我们私下经常打交道，她是个优雅、知性的女子，属于那种骨子里有那么点傲慢，偶尔还有那么一点点霸道的女强人。第二天，我给她打电话，问她最近是不是心情不太好。她直言不讳：“你怎么知道？”我说：“听你的语气，情绪就很低沉。”

她说：“一言难尽，最近情绪非常不稳定，经常乱发脾气。因为家事繁杂，和先生三番五次争吵，睡眠失衡，气不打一处来，已经严重影响到了我的工作。有时，同事只要工作上稍微有点失误，就会让我窝火，觉得没有哪一处是可以让自己省心的。”

我不知道如何安慰这样一个情绪波动的人。只说，你还算是一个理智的人，相信你可以走得出来。好好调节，长时间这样下去也会影响身体，对自己、他人终归都不是很好。我们顺便又聊了聊其他。最后，她在电话那头，轻声说了句谢谢。

挂了电话，仔细想想，我多少理解了她的难处。公事、家事纠缠在一起，影响到心情。只是她没法做到控制，她首先考虑的是怎么把郁闷之气发泄出去，至于对方能否接受、是否给对方造成伤害，都不在她考虑范围之内。殊不知，那时候，内心的不可控，某种程度上已经成了伤害和“污染”他人的源头。

当然，我们忍气吞声，刻意压制情绪，同样也不是一件多么值得借鉴和称赞的事。但若随意发泄，将情绪无端对准员工，则更是不理智的行为。员工是无辜的。谁都没有权利，让别人为自己的坏情绪买单。

情绪不好时，我们是否应该试试，从根本上找到自身的情绪源，尽量去和解，而不是被情绪拖着走。我们可以选择听音乐、散步或者去做其他任何事情，以分散自己的注意力。等那坏情绪过后，再来处理和决定一些事情，可能态度与心情又会大不一样，亦不会对他人造成伤害。

这就是一个从情绪不好调度到自身喜悦的过程，对每个人来说，这种改变都是成长和修行。因为学会了自我反思，从而调整了自己的心。这同样是一种能力，也是人性中好品格的体现。

同样，在生活中，尤其是与最亲近的人每天相处，更需要保持耐心。我们对待亲人似乎有某种惯性思维，觉得对方是至亲，就可以肆无忌惮，经常会把在工作、外界其他种种中产生的坏情绪带回家。有时情绪不可控，就会劈头盖脸地将矛头指向对方。事后，又温情脉脉地告诉对方，是自己不对，在找各种理由辩护的同时，还不停跟对方说对不起。人都有情绪不好的时候，只要愿意承认自己的过失，总归不是一件坏事。类似这样的，大抵就是我们生活中所说的“刀子嘴，豆腐心”吧。

反正都是亲人，一笑而过，只要没有太多的越界伤害，没有什么是不可原谅的。“情商最高的行为，就是对最熟悉、最亲切的人，依然能保持尊重和耐心。”这是一句在大众中广为流传的金句。想想，自有几分道理。只是很多时候，我们恰恰忽视了这一点，不懂边界与距离，让至亲的人，也会成为受伤害最深的人。

对于凡尘俗世里的问题与纠葛，若不懂得自己消化，在形成情绪后，就会不自知地向外扩散，这样的情绪如同炸弹在你身边，会随时爆炸，既会给他人带去伤害，也会给自己的身心带来危害。要知道，人若有贪婪、嗔怒等情绪发泄，免疫系统就会相当脆弱；心若欢畅开朗，万事不足为事，心平气和，那么，身体免疫力就会强壮。索达吉堪布也曾说："很多佛教的修行人，因为参禅、念佛，心态平和，没有很多烦恼，一般年岁高。"

列举这个例子，显然不是说一个人的年岁高，仅仅只是和脾气好有关。也不是说，你需要像一个修行人，每天通过参禅念佛调伏己心，从而完成自我疗愈。而是说，当我们即将步入坏情绪门槛时，需要告诫自己，打住，别折磨自己，别伤害他人。情绪有如闸门开关，拉下去，风平浪静，四平八稳；拉不下去，则伤他害己。

俗话说，境由心生。所有外界的客观呈现，都受我们的心态、情绪所影响。人的内心一旦被情绪所俘虏，无端发泄，那么他就会变成一个对自己都无可奈何的人。世间所谓愤怒不过是你对于人、事、物的失望，所以不妨努力做一个稳定、学会平复自己的人，把所有一时解决不了的问题都交付给时间。

当我们学会了让时间消化一切时，也就学会了理智，学会了全盘接纳当下发生的任何状况。人就是这样一步步完成内心的重组，从而成为一个情绪稳定的人，不会因为外物、人、事的不可控，对自己产生任何影响。比如，堵车时，我们不必烦躁不安，因为目的地终究会到达，没有什么非得那么着急。有些工作因为外界的不可控，你也不必对他人生怨气、发脾气。还有就是不要无端向他人发出霸权与王道的信号，以此来确定自己的威信、权力、存在感和重要性……

毕竟，当我们习惯用情绪上的怒气来树立自己的权力和威望时，也在不自觉中暴露出自己性格的缺陷及德行的不足。正所谓“威望都是从德行而来，道德的力量可以慑服一切大众”。而真正品性修为好的人，多谦恭、耐心足、平易近人，更容易获得他人的好感与敬重。正所谓，水深则流缓，语迟则人贵。

倘若你用心感受，你就会发现，情绪就像一根橡皮筋，具有反弹力。当你拉长，弹出去，固然会伤到他人，谁知，反弹回来，最终更伤到了自己。谁的生活都会有大大小小的问题和烦恼，以及这样那样的困扰，其过程，不过是为了考验你的耐心及你对情绪的把控能力。就此意义来说，控制情绪，除却是能力的体现，更是智慧的呈现。

显然，我们亦不必因为自己懂得控制情绪而存有优越感，亦无须因他人发泄情绪带来种种伤害而自我怜悯。我们说爱人如爱己，他人就是我们身边的一面镜子。当我们自身的情绪发生波动时，如何通过他人的帮助来疏导情绪源，构建新的接纳，培养心性的耐力与温善，才是我们终生需要学习的功课之一。

你的相貌就是灵魂的样子

一个人的相貌就是其灵魂的样子。一个女人，首要任务是让内心舒展。

记忆中只喜欢和好看的人交往，因为我相信相由心生。这里的好看是指容貌好而非美貌，从容貌上某种程度能看到人的灵魂。灵魂能通过眉宇、语调及举手投足间得以呈现。

我和她认识前，没有过多交集，只是微信聊过几句，我能感受到她言谈的礼貌和谦逊，非常诚恳。后来我们约定时间见面。

她童年历经父亲早逝，中年遭遇公司破产，但这些无常带来的打击，在她身上却毫无显露。我只见得，她额头饱满、光洁，言语和善、亲切；眼神非常清澈，满是慈悲、祥和。我们在交谈的时候，她语速缓慢，音质清脆，举止间散发出女性特有的优雅与低调。那一刻，我开始肯定善良和信仰的重要性。

人到一定年龄之后，相貌显然是可以跟随他身上所带的业而改变的。他的情绪，就是他心灵的直接反应，最终会折射到他的面相。比如，有的女子，她们被生活所逼迫，需要既当爹又当妈，活着活着，就活出了男性的气质，面孔变得非常硬朗。而有的女人因为心性的舒缓与平和，越活越通透、柔软，面相也是一派祥和，将女人似水的一面演绎得淋漓尽致。

用心理学的解释就是：一个人的面相和身、心、灵直接牵连。一个内心时刻保持愉悦、身心健康、能控制自己情绪的人，必定天庭饱满，红光满面，精神和悦，舒坦自己，也能感染他人。反之，若心计花样不断，或忧郁复杂，则会眉宇褶皱，心壑难平……所有的郁结和愁闷，都会通过长相表露出来。

所谓相由心生，日久生相，大抵亦是这个道理。大约几年前，在一家美容会所，我刚做完美容出来，看见一位四十多岁带有严重家乡口音的中年女性，在大厅扯着喉咙抱怨，脏话不断。旁边工作人员只能木讷机械地站着，有口难辩，足足十五分钟。

后来我问工作人员，她怎么那么生气，刚做美容时不都好好的吗？工作人员回答："没事，她经常这样，喜欢抱怨、发牢骚。四十多岁，独身，是我们这里的老顾客，谁都不敢得罪她。"

期间，我看她面目狰狞，满脸通红，即便刚做完美容，脸上也丝毫无光泽。她的相貌显然已超出了实际年龄。更让人觉得难堪的是，她还在公共场合大声喧嚷，发泄着强烈的怨愤与攻击心，全然一副唯我独尊的姿态，和美实在无法搭调。对她来说，即便天天美容，日常涂抹顶级护肤品，采用国际前沿美容术，恐怕都无法让她那张脸好看起来吧。

我们说，容貌是父母所赐，但这显然仅限于一定的年龄。比如，一个人在三十岁以后，面相好看与否，则全然取决于自己。

衰老从来都是自然现象，这没什么可怕的，最可怕的是因为心灵的扭曲和刻薄，将面孔变得狰狞，变得憔悴不堪。生活中亦有这样的女人，她们即便年过花甲，容颜不再年轻，但你始终都能感受到她面相的平和、温柔和从容，就如同栀子花香，清幽、淡雅；又有如时光静流，不疾不徐。

如此，她们似乎永远都是那么安静，眼神看不出任何的浑浊，唇角之间散发着微笑、安然，有种洗净铅华后的真醇。

有一种就不同了，她们脸上呈现的是怨怼凉薄、是非琐碎和猥琐狰狞。她们喜欢核算得失，分毫必争。她们虽然有豪车、大宅、名牌，甚至出门都是前呼后拥，但她们还是喜欢说：这个是我的，那个也是我即将拥有的。总之，她们心有多强大，争执心就有多明细。有用，无用，隔离得非常清楚。

这样的女人是实际派，一切以自我为出发点。但她就是不明白，所有身外之物，都是浮云过往。谁的日子，过到最后都是云归云，土归土，除了你的灵魂，其他不会属于自己。

“一切有为法，如梦幻泡影。”这才是人世真相。生活中，我喜欢植物一样的女子。她们通透，淡定，良善，恬静，不争，也不投机取巧，对生活始终饱含热情。她们安静，智慧，有包容心，有看得到的定力，她们能用一颗柔软的内心化解世间所有外界带来的干扰与困顿。

一个女人，首要任务是让内心舒展，要时刻警醒自己是否变得不那么好看了，而不是炫耀、争论、左右逢源。

是的，一个人的相貌就是其灵魂的样子。你的灵魂清透、纯简，面相就淡然优雅，令人如沐春风。反之，就是这种那种不那么好看的了。究竟如何，起决定作用的就是心。

这也是为什么现实生活中，很多的女人可以活得很漂亮，但却并不怎么得体好看的原因。即便涂脂抹粉、描眉弄眼，她们脸上也依旧无法摆脱狰狞、张狂和急躁带来的破绽和漏洞。因为她的心轻而易举地出卖了她的脸，让人看不到圆满和安定。更具体点说，就是她的心布满褶皱沟壑，难以宁静，因此她的面部表情亦难得舒展，不会有赏心悦目的质感。生活中一个面孔猥琐、喜欢计较、生怕自己吃亏、喜欢敞着喉咙说话的人，和一个内心坦荡、心怀慈悲、无私、喜欢分享的人，他们通过面孔表露出来的神态肯定是不一样的。

这就是面相和心性的关联所在。这个世界上从来不缺聪明的人，但智慧的人却总是很少，就如同良善的人很多，通透、豁达的人难找一样。所以，女人若无法做到两全，就应尽量让自己做一个精灵般抑或素静的女子，远离魔鬼和张狂。

如此这般，即便你无法活得通透且智慧，至少你能做到坦然，不会随时启动攻击心、争论心及张牙舞爪的面相，让自己与家人、外界时刻都能保持和谐和融洽的关系。有人说，女人若能做到如水利万物而不争的时候，她的家族才能真正繁荣、昌盛。即便你的生活曾经颠沛不安、流离失所，倘若你能学会臣服、感恩、敬畏，并获得心性与智慧的成长，那么你就能恰如其分地处理自己与外界的关系。你的面相无疑亦会随心境由内而外地散发出光芒。

我们不妨理解为，女人的境界和气度，来自笑看庭前花开花落、看淡人间是非纷扰的心境。一个女人若能做到，即便外面风卷云涌、喧闹不止，而内心仍处事不惊、笃定、敦实，同样不失为一种优雅与美。

所以，有人说，我花三个小时煲了罗宋汤，花两小时看本书，愿意在夜色中听一朵花开的声音，写一封电邮留下情感凭证……这些微小琐碎看似消磨光阴的事情，实则在从容与淡然中，让她的心得到了修炼。我不知道这算不算所谓的美好，至少那一刻，外面即便花开又落、风啸云涌，内里依旧宠辱不惊、满心欢喜。

快乐发自内心，不请自来

快乐是不请自来的，你一旦察觉到自己正在快乐，你已经不快乐了。

不知道为什么，始终有不同的人在不同的阶段，问我同一个问题：你快乐吗？

对于这样的好奇，我多半会告诉他们，我的快乐都来自微小琐事。就快乐本身而言，它是一件很容易的事。问题不在快乐，而在于心。当下的日子，对于我来说，每天都是一样的，简单、平静，欢喜度日。即便新年和生日，也不觉得有多么特殊。

日子一旦简单了，这样的快乐也就纯粹、彻底了。平日，我很少用手表，几乎不怎么看日历，天未亮就起床，饿了找些食物吃，继续工作，直至天色渐暗。傍晚有固定时间去散步，让脑子得到放空、休息。一天下来过得既轻松又充实。我能清楚感受到时间流逝得非常快，日子过一天也就少了一天。若无特别，亦不着急。你所能珍惜和把握的只是当下这一刻。

比如，遇见一个善意的微笑、一朵盛开的花、一滴晶透的露珠，于我而言，都属于快乐。所谓欢喜平常，心无所住，大抵应该是这样的。仿佛人在繁华热闹处看嬉笑追闹的人群，只能观望，无法完全靠近。

世间的快乐，人们赋予它的定义和标准向来不一，而它同时也是我们每个人都愿意追求的目标。同样，对于通过何种手段或者方式抵达快乐，人们的行为和言论又是这样那样……外在的纷繁复杂让内在的满足变得千差万别。因此，于我而言，快乐并非一定要通过辅助之物甚至依附某种教派去满足，更多的是通过各自的不同经历去体会和感受。

我们首先假定，世俗的快乐仰赖于物欲的满足，大的房子、好的车子、山珍海味、功名利禄……一应俱全，那么，当这些附属条件获得之后，为什么依然还有那么多人不快乐呢？日常生活中，我们时常会遇见，富有的人未必是快乐的；贫困的人反而大多都是喜乐、充实的。由此，不难发现，多样化的附庸价值换来的快乐，未必能持久，也是不纯粹的。这些快乐如同根没有扎牢的小树，一旦起风了，就有可能连根拔起、尘土飞扬。

而真正的快乐，恰恰是不请自来的，无外力推动，顺其自然，随心摇曳。它不依靠任何外界的给予，甚至都不需要我们去刻意寻找或者等待。

用克里希那穆提的观点来说，“快乐不是你能去寻找的东西，它是一种结局，一种副产品。如果你为快乐而追求快乐，就是没有意义的。快乐是不请自来的，你一旦察觉到自己正在快乐，你已经不快乐了。你必须放下自我以及对快乐的要求，快乐才会来临。”

谈到这里，我想到了一个人，她生长在台北，唱片和书籍都有很好的销量，可谓名利双收。很长一段时间，外界无数人对她充满崇拜和仰慕，她却怎么也不喜欢当初的自己，而这些是在她历经五年之久的沉淀和省醒后才明白的。因为有很强的原罪感，她总是会无端地想到一句话，以此折磨、讨伐内在的另一个自己。这句话就是：生而为人真的很抱歉。她甚至觉得内在的自己怎么也无法获得成长。比如，情感上的依赖，对爱情的憧憬，安全感的匮乏，伤害，误解，诸如此类的问题每天都像剧毒一样侵蚀着她的身体。强烈的挫败和焦躁感，随时都可以汹涌而至，将她的身体与精神击垮。这些情绪可以被发现、觉察，但最终的成长还是需要靠自己的省醒才能实现。

后来她通过自处，与痛苦、绝望、沮丧……类似具有极强伤害性的境遇慢慢和解，她开始学会给予、施舍、帮助他人。结果，快乐不请自来，她已经克服了世间的贪念与欲望，而不再是名利的追赶者或物质的俘虏者。

再后来，她找到了对的自己，遇见了对的人。她在漫长的自我疗愈中灵性得以苏醒，冲破内心的黑暗，获得新能量，这如同甘露，既能滋养自己，亦能供给外界。她说，如今更喜欢现在的自己，善良，慈悲，欢喜溢于言表。

所以，某种程度上，快乐是在经历了诸多不那么快乐的事，从而对生活有了更多认识与了解后获得的。又或者，你历经多大悲痛，亦决定你将承载多少快乐。一如童年时，我们认为逢年过节就是快乐，因为有好的食物、新的衣服，还可以见到很多平时很少见到的亲人。长大后，我们却发现，快乐源自内心的平静与自足。这些在给予你变化的同时，也能让你的心越发趋向光亮，直抵快乐的源头。

曾经，我的快乐显得那么直白、肤浅。除了工作，其他时间都用来消遣，马路上闲逛，大街上游荡，浏览时尚杂志，试穿橱窗里的服饰，现在回想起来，那时候应该是我有过的最为轻松的时光，对世俗的欲望与杂念未曾停止，大脑时常处于混沌无知的状态，内心难以获得真正的快乐。

工作只是谋生的手段，赚取日常开支，不断学习以保持工作的能力，神经像琴弦一样绷得紧紧的。直到有一天，琴弦崩断，整个世界瞬间寂寥无声。那一刻，才开始懂得和明白，人所得到和拥有的，倏忽之间便会化为乌有，让人无力应对。变故与磨难，让我对待人、事、物有了新的体验，其中也包括快乐。

亦因此，我开始心有所向，再无起落，红尘萧肃，热闹在窗外，内心似大海。生命中最可怕的事都已经发生了，再也没有什么比这更让人难以承受的了。我开始尝试并坦然接受命运给予的种种。似乎只有如此，人才能更为有力地前行。再后来，我越发成为一个简单的人，活在当下，做好自己，其他交给时间就好。每天都是新的一天，这样反而让我获得了超越寻常的平静与快乐。

与先前的快乐不同的是，如何与自己的内心相处，观照自我，思考人生中真正有意义和重要的事情，诸如死亡及无常、诚实与洞见、省醒和接纳，开始成为我生活中的一部分。我也因有了这些形而上的思考而变得更加清醒，努力扩大思维的半径，将人生行动与交往范围尽可能缩小。要求自己有所不同，只是想让苦难成为内心真正的动力。

因为我已经真正觉察到，只有全然接受生活给予的种种，感受它，靠近它，不排斥，才可能将复杂微妙转化为淳朴简单。否则所有一切的失去与经历，意义全无。

“欢乐并不能教会我们什么，然而痛楚、苦难和障碍却能转化我们，使我们变得更好、更强大，同时让我们认识到生活在当下时刻的重要性。”行为艺术家玛丽娜·阿布拉莫维奇的话或许能给我们一点启发。

在我看来，俗世里借助外力的快乐如同泡沫幻影转瞬即逝，来去都快。因为追求无穷尽，所以恐惧、失望、烦恼接踵而至。有一天，经过磨难、痛楚及漫长的内心历练，获得新的生命时，你或许会明白，我们的不快乐源于我们无法得到真正的快乐。

浮生日月长

我以为蝴蝶飞不过沧海

像蚂蚁一样工作，像蝴蝶一样生活

人生五十，下半场才开始

成为你自己

简媜：我带我的生生世世，来为你遮雨

萧红：在情爱劫难中寻找温暖

欧姬芙：生死寂静

陈春林供图

蝉蛹冲破黑暗，破茧而出。那一刻的美丽与自由，即是人生。

我以为蝴蝶飞不过沧海

是以聪慧自持获得新生，还是以抱怨相待沉溺于苦痛？所有的转机都是重新认识、锤炼、塑造自我的机缘。

我们是忘年交，她年长我足足一轮。初识那一年，她三十五，我二十三。因为一次采访，我们相识。她长发披肩，额头饱满，眼神深邃，耳垂厚实。

一个人身上流露出的气质与性情多少能让我产生兴趣，并愿意与之接近，她便是我初识时有过这样感觉的人。因为我开放的心性与她接触时就感受到强烈的性情共鸣，这种共鸣让我们很快建立起情谊。我们都愿意把心打开、靠近，就这样，我们从采访与被采访者变成同事关系，最后成为朋友。这样的过程不疾不徐，不温不火，一切顺其自然。

岁月荏苒，年龄渐长，不知不觉中，被生活拉扯或命运眷顾，我们的内心千帆过尽，形成各自独立的生命轨迹。这期间，她的事业跌入低谷，手中抓住的名利一夜之间化为乌有，真是“一切如梦幻泡影，如露亦如电”。紧接着，婚姻发生变故，母亲和弟弟也相继离世，都是一起为生活、家庭打拼过的至亲，如此打击显然超出了一个常人所能承受的范围。

人在现实面前，所有得到最终不过虚空一场。她说自己用了整整十年时间重新调整新的事业、家庭、生活及自己的状态。她认为以前的自己是剑拔弩张、左右奔突的，而现在，心态变得完全平和。

而我，同样也在这样的过程中，感受着人生戏剧性的离殇及诸多人情冷暖。现实生活中各式各样的冲击与挑战，来来去去地考验着肉身、信仰、人际关系等等，于种种变迁中，我越发觉察到，一个人若不经历几番悲苦和大起大落，就无法拥有笃定的心性、坚毅的人格及柔软的内心。

《金刚经》里说人生有七苦：生、老、病、死、怨憎会、爱别离、求不得。而恰恰就是这些苦，在摧毁人信念的同时，也考验人重生的勇气。有人喜欢将自己的痛苦无限放大，或者自怨自艾，一蹶不振，陷入泥沼。而有人却会将痛苦转化成养分，让其发酵，产生新的能量，获得新生。

就自我成长来说，人、事的发生，并无特别的意义。如何将它们视为上师并学会珍惜、省醒，更好地从中吸取养分，需要我们付诸行动。这也是一个真正值得思省的过程。

十多年后的一个春日午后，我在北京，她在深圳。我们通过电话谈论一件事，她以自己的经验告诉我对待问题应有的看法与态度，以一个过来人的身份，言谈中肯，掺杂信仰支撑，让人觉得有理可循。

同时，她也以此总结自己，花费半生时间和精力，最终才知晓自己为何而活，真正需要的是什么。我为她这么多年内心发生的变化及思维的逆转感到高兴。人世无常、苦乐交集在她身上应验了，曾经荣华富贵、掌声、鲜花、名利未曾间断过，突然有一天，一切过往化为云烟，陷入一无所有、捉襟见肘的境地。

好在她的年龄、经历及定力在那，内心的坚韧终究抵御了所有的压力。一个人用肩膀扛起了生活，继续前行。所有人生历练，被她转化为成长的养分，吸收、消化，修炼成为更好的自己。辗转过往，人世沉浮，在坚韧和隐忍中，她找到了新的生活出口。

所以，在她身上，我看到了迂回曲折、艰难低迷、黑暗绝望的路，同时这也是通往光明的正确之路。她说，逆缘让她懂得停下来重新思考，那些一直试图逃避和无暇顾及的问题，在被迫靠岸的阶段，得以与心真正碰撞。那一刻，她终于明白如何面对自己，知道自己真正想要的生活。于是，活着便有了秩序和纪律。

从她身上，我相信了对于每一个人，所有的发生都是好的、完美的，不完美只是因为我们对待事物本身的态度与心性认知不契合而已。当逆境来袭，你是以聪慧自持获得新生，还是以抱怨相待沉溺于苦痛？所有的转机都是重新认识、锤炼、塑造自我的机缘。

这就好比，现实中，谁的成功背后不是血一把，泪一把？当我们饶有兴趣、凉薄是非地讨伐和怀疑他人成功过后的幸福和满足时，是否也曾用心理解和想象一个人在成功之前吞下的苦泪之水？只有我知道，她一路走来起伏跌宕、执著滚爬的不易，内心的坚定和隐忍让人钦佩。这也让我看清一个人遵循的“道”，这样的“道”是经历了漫长艰难付出而铺铸出来的。这样的“道”无关乎黑暗，只关乎信念。

最后一次见到她，她在路口等我，独特的人格魅力依然。几年不见，相见如故。只是整个人的状态发生了很大改变。她身着花色老式布衫，宽松纯棉长裙；盘发，布鞋素净。自己管理一个小团队，不定期完成一些文化项目，纯属兴趣。她先前学过设计，会裁剪衣服，因此也会去广西、湘西一些少数民族聚居区，走街串巷，收集老式绣片，手工缝制些衣服给固定客户，业余时间也去学瑜伽和英语。总之，时间被事情填满，过得充实，也不那么疲惫。她说，现在生活第一，工作是其次。我点头，对她微微笑。

那个夏日的午后，南方空气湿润，沉闷。但我们之间的谈话一直活跃，心生欢喜。彼此毫无芥蒂地谈到了一些话题，在她身上，我看到了人若能战胜苦难，就能得到更好的体验，在这样的过程中，你必须要承受常人难以承受的一切，也要超越先前看似难以超越的自己。

后来很长一段时间，我开始新的思省，发现人生有太多虚幻，真正存在的大抵只有自己宁静平和的生活，及一颗勇敢、坚韧和慈悲的心。带着它上路，怎么走，走多远，都不会错到哪里。

你只需要在行走过程中不断调整，用心感受并接纳一切喜乐、艰难，生命会因为我们的付出、隐忍及担当，而意味深远。正所谓，不经一番寒彻骨，哪得梅花扑鼻香。

像蚂蚁一样工作，像蝴蝶一样生活

我们可以生如蚁而美如神，与风霜共飘零，也被雨露眷顾滋养而茂盛。

有一年夏天，我去一个北方海滨城市。那个夜晚，独自在海边沙滩上行走，细软沙滩，凉风习习，浪声此起彼伏，还有天空中圆月倒映海中央，人烟稀少，海浪拍打沙滩，嬉闹的儿童，搁浅岸边的船只。海水颜色早已变幻，白日时的清透澄亮，成黑色一片，寂静无边。天上几盏孔明灯在夜色中，闪闪发亮，周边万物相谐，浑然一体，构成了那个夏夜最美的景色。

人在景中，浑然不知，时光飞逝。那一刻，被搁浅和深藏的心事绵延、柔软，如同海水被挤压，一层层，从身体里涌现出来，被自己聆听，使身体得到片刻放松。所有城市的喧嚣和繁杂，被暂时隔离和遗忘。高山大海、石头沙子，高耸楼宇及茫茫人海，如同虚幻，而身心却似潜入深海游动的鱼，自由地悄声游动，任凭世间如何潮汐涌动，进退自如。人的宁静与自由，在那一刻，如同天地般辽阔静寂。

我知道那样的时刻非常稀少，因此清晰感受到了它的宁静与踏实。曾经我是那么不懂放松自己，为了生活、工作，不曾给自己喘息的机会，如同绷紧的琴弦，日复一日，难有休息时间。在被写作充斥的时光中，完成了蜕变，成长的阶梯是如此清晰、明朗。

直到后来，越写越多，下笔多有顾虑，发送文章也开始变得谨慎。我知道这是写作带来的质疑，如同病症，需要治疗。现实生活终究需要做到平衡与停歇，也就是在那个阶段，我无意间读到了罗伯特·卡帕的“像蚂蚁一样工作，像蝴蝶一样生活”。它让我开始停下来，重新思考新的生活方式。

我们每个人来到这个世界，工作，生活，周而复始，生命是如此富有生机，充满韧性。在社会的每一个角落，每个人扮演各种角色，完成身份的转换，低头劳作，辛勤付出，最终各有所获。正是在这样的境遇中，我们时刻保持精力旺盛、勇敢无畏，去适应环境给予的变化，而非在变化中不断去抱怨及自怜。

在这个物欲横流的社会，怎样直面扑面而来的冲击，与物质保持一定的距离，警醒自己完成精神的疗愈与蜕变；如何在布满荆棘的道路上，克服种种困难，不停行走，需要我们付出时间和精力。

一如曾经的自己，为了提高生存的能力，埋头工作，努力生活，为此耗费了我大部分时间和精力，亦让我疲累和困惑。走在茫茫人流中，我们显得渺小似尘埃，但又需要具备隐忍和耐力，去面对生活留下的种种创伤和遗憾，不停寻找方式，让自己得以平复。而所有这一切都只是一个人的精神疗愈，由此完成蜕变，如同蝴蝶破茧。

我们的命运大多普通平凡，很难天生铸就光鲜，如同蝴蝶一样，一生要经过卵、幼虫、蛹和成虫四个发育阶段。蝴蝶在破茧而出之前，大抵都要经过漫长的黑暗和痛苦，一切靠自身得以完成。这一点和鹰的蜕变非常相似：如何断喙拔羽，怎样筑巢于悬崖，开始苦行僧般的生活，等候新的重生，过程充满“虐待”与“煎熬”，之后重新翱翔于天地。这期间，毅力和精神起决定性作用。

人何曾不是如此，只有战胜黑暗和苦难之后，才可能真切感受到光明和生机带来的美好与珍贵。这样的过程如同蝴蝶冲破黑暗，破茧而出。那一刻的美丽与自由，即是人生。在蜕变中，发现新的自己，洞见新的生活，我们从此获得新的锻炼与成长。这些生物重生哲学和人想获得新的生命动力、成就新的自我，何其相似。

人的蜕变需要勇气、时间和毅力，最终完成新的自己。生活、工作都是如此。而在这样的过程中，果敢和决绝、磨砺和隐忍、方法和探知，都是蜕化的重要因素。

曾经，那些带着镣铐行走，难获片刻安宁的年月，被虚妄、所谓的成功所迷惑，生活也因此形成固有程序，千篇一律，似乎自己的人生都要照搬他人的才好。直到有一天，我的身体和灵魂被砸醒，才停下来开始思考，寻找新的道路，重新积蓄力量，再次出发。

所有坚强和努力生活的人们，普通而真实，各自在生活中寻找各自的存在价值。我们所完成的一切都是那么微小，当最终离开这个世界时，都将化为灰烬。我们可以如同大地生长的野草，坚韧而旺盛；亦可以如同天空翱翔的飞鸟，穿越高山低谷、丛林湖泊，最终了无痕迹；我们可以生如蚁而美如神，在生活面前，保持平静而优雅的心境；我们还可以热爱并享有人在世间所获得的一切，保持敬畏，懂得随时放手，以此心态去获得生活的完整。

人生五十，下半场才开始

任何时候出发都不晚。重要的是，你能否找回骨血里潜伏的强大。

在一个秋天节日的清晨，窗外鸟儿鸣叫，空气里弥漫着花香。晨曦从云层穿出，微风清凉，一切宁静愉悦。这个世界无时无刻不在以它特有的方式给予我们美好与和平。即便所有风景犹如花开花谢，盛衰交替，但依旧不应该影响我们对生活的热爱和探索。

R曾在这样一个周末联络我，希望借出差机会约见。那天我恰好给自己安排了一个很重要的工作，难以脱身。我想以后有因缘，见面机会应该还会有的。我还以为这件事也就此为止，在心里成为彼此的念想。

两天后，同样在清晨，R又打来电话，执意约见，甚至愿意将回程机票改签，推迟一天。我无言以对，不觉得自己有这么大魅力，让她如此执著。我们约在一个餐馆见面。

很快，R一身黑色套装，白衬衣，平底鞋，小边框眼镜，出现在我面前。她满脸良善和诚恳，干练，明显带有老一辈国企领导人的气息。我们一见如故，没有任何隔阂，坐下来，要了一壶碧螺春，边喝边聊。

餐馆人少，非常安静，我们的语题延绵不断。R应该好久没有这样放松地与人交谈过，中间甚至一度哽咽。

那一刻，我看到了一位职业女性内心的真实与精神上的无助。昔日职场上的强大，瞬间崩溃，女人的柔软得以呈现。她将心打开，向我这个第一次谋面的写作者倾诉。为此，我也感受到了她的信任。我抚摸她的手，希望能以这样的方式让她平静下来。当我们两手相触的时候，我能明显感受到她这么多年的紧张、疲累及对人的芥蒂。

她将时间全部交付给了工作，甚至觉得处理日常家务琐事都是一种浪费。谈到家庭，因为付出太少，对先生和儿子深藏愧疚，她不知道儿子怎么就不知不觉地长大了。高强度的工作，使得她的身体曾三次接受治疗。因为太过专注于工作，似乎与世间所有美好与情趣全部错过。

就这样，时光与工作将她带到了现在，年过半百，接受新的洗礼和变更，而她显然还没有足够的心理准备。巨大的落差和焦虑，排山倒海般向她扑来。她作为最早一批创业元老中的职业经理人，亲手打下了江山，现在因为年轻人的浮出，新陈代谢，却需要她退出，功绩似乎瞬间就拱手让给他人，再无掌声与鲜花，在职也只是挂个虚名，她难以接受人走茶凉的现实。于是，她的身体和精神因为巨大落差带来的打击，深感无力与疲累。

其实仔细想想，这些都是现实。毕竟企业的新陈代谢如同花开花谢，重生需要新的养分来滋润。人的命运也是如此。而她因太过执著，几十年如一日的高度专注付出，如今亲历用血和泪换来的事业落幕，及无数不堪回首的纷乱，一时难以释怀。

一个新时代开启了，舞台已经重新搭建，接受掌声和荣耀的是台上的新人，而她成为角落里暗下去的影子。没有人有义务知道或记得她曾经散发的光和热。无力的厌倦感，在那一刻成为性格里的瑕疵；迷惘，恐慌，没有勇气继续往前走。

为此，她需要倾诉，以为这样可以化解疼痛和迷失。但是，我想说，他人给予的安慰只能带来片刻心安；最终照亮自己的，还是内心隐匿的光束。往前走需要勇气和智慧。

我们的一生难有一帆风顺。低谷无常，挫败绝望，甚至所有物质、名利都在瞬间灰飞烟灭，这些都是生活常态。很多时候，我们之所以觉得它不是那么正常，是因为我们还没有真正了解人世的无常。我们总以为生活在戏弄和欺骗我们，殊不知，真正限制我们的是自己的思维，是内心那堵难以冲破的墙。我们总以为外面很多人在注意、观察我们，其实，最终会发现，外面没有别人，只有我们自己。

“一个人经过不同程度的锻炼，就获得不同程度的修养，不同程度的效益。好比香料，捣得愈碎，磨得愈细，香得愈浓烈。我们曾如此渴望命运的波澜，到最后才发现：人生最曼妙的风景，竟是内心的淡定与从容……我们曾如此期盼外界的认可，到最后才知道：世界是自己的，与他人毫无关系。”这是杨绛老人一百岁感言，当我翻出这句话给R看时，她突然有豁然开朗之感，我想这应该是文字带来的精神力量吧。

我们总以为物质、财富、权力、名誉会让我们获得贵族般的荣耀与满足，最终却发现它们依然无法安抚内心的匮乏与烦躁。我们总以为取得成绩、得到外界赞美与喝彩就是骄傲的人生，殊不知，这些到头来都只是虚幻，如同过眼云烟，只满足了那一刻的心理需要，最后还得独自去面对新境遇。

我想，R目前之所以觉得苦不堪言，是因为有了我执，把事情和自己都想得太重要。总以为，她退出，很多人会笑话她。殊不知，只是自己的思维产生了禁锢，无法走出那个怪圈。

对于太多境遇和无常及生活给予你的种种变迁、动荡，我们很难去评判它的好与坏。有时候最坏的结果往往是一个好的、新的开始。我一直都认为，所有一切好与坏的交织发生，才成就了我当下人生的新蜕变。

生活中的平静与意义，来自内心的追求。于我而言，没有什么比珍惜当下、无惧未来，更为妥帖的了。生活的难处在于，我们是否能在历经各种磨难与悲苦后，要求自己做到与先前有所不同。

经历过坎坷、失落、打击后，依旧保持对生活的勇气、信念及热爱的人们，最终或许会获得世俗里的圆满。因为上天对每个人都很公平，关上了这扇门，一定会打开那扇窗。当生活不按常理出牌，时光阴差阳错将你往未知方向推时，你是否能够依旧做到不慌不忙、笃定敦厚？这些都是考验，也是磨砺。

后来，她还跟我说，现在内心的恐惧及不自信，是因为年纪越来越大。我想说，这是一个执迷和崇尚年轻就是资本的社会，似乎年老就是一件很无用和不知趣的事情，人们对它所产生恐惧和不自信，大抵是因为我们太低估自身所潜藏的优点和能量。

在我看来，人只要想出发，任何年龄段都不是问题。一次在北大听一位博导的讲座，他说自己现在五十有余，觉得人生下半场才刚刚开始。他说这话的时候满脸的自信与激昂，眼睛里散发出年轻的光芒，人生依旧充满激情。

上天赐予你的所有磨难，都可以成为人生的养分和经验。生活无所谓公平与否，重要的是，你能否找回骨血里潜伏的强大。所以，在面临年龄问题时，我们完全可以忽略年龄本身，如果你具备一颗始终好奇、保持观察和学习之心，那么，任何时候出发都不晚。

成为你自己

生活所有的真相，最终是为了让你认识，并成为你自己。

我的一个朋友，年轻时因为事业动荡起伏，几经波折，一夜之间一无所有，她很长一段时间陷入痛苦和恐惧的状态。好在，她内心潜藏抵抗和转化的能力，通过自身不断消化和吸收，逐渐成为一个真实的人。

后来，我对她说："一个真实的人应该是遵从内心、具备省醒能力的人，不被权威所诱惑，不被世俗所左右，不被外界价值所界定。他知道有些诱惑是考验，需要拒绝；有些虚荣是业风，需要克制；有些劝诫是摆渡，接受它。"人就是这样，有时候需要遵从内心保持秩序及与外界抗衡的力量，做到有所为，亦无所为。

《心经》里说，观自在。大抵是觉得人应该先观照自己，不至于随风动摇，时刻觉察到"在"。不要有那么多做作、妄念、遐想及不切实际。

现实生活中，看到很多与自我同在的人，他们更加看重的是如何保持一颗清明之心，如实观照灵魂内在，真实而非虚假，不沸沸扬扬亦无欲望膨胀。他们站在社会的某一角落，喜好分明，得失坦然，将世俗趣味、急功近利、虚伪关在门外，避免了膨胀、虚荣及内外在不和谐的声音。

同样也有很多人在频繁、热闹的交际中，带有强烈的目的和需求，沉溺其中，不失时机地利用华丽舞台或者借用他人的虚浮名气，让自己亦微光散发，从而期待一跃升天，有某种投机取巧的味道。此心态，若无法守住底线，一味地沉溺或纵容，终究会浑浑噩噩，随波逐流，从而失去自我。

人这一生就是抵达、成为自我的过程，尽可能离真实的自我更近一些。在交际中、工作上，若浮夸炫耀，左右逢源，终归会让人觉得不自在。

“不想沦为芸芸众生的人只需做一件事，便是对自己不再散漫。他应听从良知的呼唤：成为你自己。”尼采所言，道出了我们每个人都是独一无二的存在，应尽可能听从内心的呼唤，活出自己的特色。不人云亦云，也不敷衍散漫。

如果可以，我们甚至需要剔除说话的客套和附庸，尽可能说心里想说的话，不勉强，不将就。如焦谛卡禅师所言，一般人说话主要是因为闲得无聊，而不是因为真的有话要说。如果有人真的想表达深刻的内心感受，可能会遭到他人误解甚至嘲笑。“了解”在世上真是稀有而又难得。在我看来，之所以稀有，是因为人很多时候缺乏耐心，抑或缺乏智慧，无法真正做到对他人的深入了解。而事实上，只有深入了解并懂得一个人后，才可能做到客观、平等的交往。如此，才不至于违背自我。

一个人存在于社会，与之交集的人事不可谓不多。任何一个卑微的个体终究都无法脱离这个社会的本体，只是一个人应该知道如何节制自己，明白适合自己的交往方式，同时还需要腾出时间及空间给自己，展开对话，从而离真实的自我更近一些。

毕竟，人的真实和坦荡、诚实与信任，终究能让人动容。没有那么多啰嗦、是非对错，语言简洁；无芥蒂，做到彼此信任。真实的人无论人前人后都不“变脸”，无论身在何种处境，都能做到与之和解。如此这般，我们才能更好地知遇人、事、情的美好与珍贵。

很庆幸，在这个喧嚣、浮躁的城市里，你有着独处的自制，避免了虚伪。隔着玻璃和门窗，随时都能让自己清醒下来，并安静地做自己。

世间熙熙攘攘，喧闹不停，做一个观望自省、忠于自己的人。即便在吵闹、泥泞的集市，依旧能找到清净的立足之处。旁观世间所有卑微、真实、忙碌的人们，只要真诚生活，都值得用心对待。

生活久了之后，你会发现，生活所有的真相，最终是为了让你认识，并成为你自己。

简媜：我带我的生生世世，来为你遮雨

肉身是浪荡的独木舟，每个人的人生

都是一只装着悲欢离合的包袱。

1. 且让我们以一夜苦茗，诉说半生的沧桑

“为什么会走上写作的路？简单来讲，因为绝望，写作对我来讲，是在绝望当中试图去寻找一个出口，是一个自我的拯救。”简媜在2015年的香港书展上这样谈论她的写作之路。这一年，她已到了五十知天命的年纪。

后来，我在武汉见到她，满头银灰，为人真诚，神色淡定，毫不吝啬自己的赞美之词。

她显然再也不是三十年前那个黑发如瀑布般飘逸、文字如诗歌般美妙亦不失哲理的年轻女子。如今，她已经具备一颗柔和与笃定之心，以一夜的苦茗，去诉说半生的沧桑。她面颊清瘦，言谈亲和，开始认真思考“谁在银闪闪的地方，等你”这个被很多中国人忌讳谈论的话题。

“我们所生活的是滚滚红尘，不是人间天堂，没有那么多的人世圆

满，花好月圆。人因为缺憾得以更好地成长。”十三岁那年，她的父亲去世，直面死亡的打击，对她日后的生活产生了深重且积极的影响。而在以后的成长岁月中，母亲、弟弟都曾遭受过命运耍弄；最爱她的阿嬷是一个夫死子逝、命运多舛的女人。这些悲惨过往在她的成长背景中，像烙印，挥之不去。

自此之后，她开始要求自己，不仅仅是顺遂年岁的增长，更重要的是获得心智的成熟。

死亡带来的真相和客观性，是不可辩驳的，它对身心所带来的撕裂般疼痛，如同黑洞，难以弥补。好在，它亦在冥冥之中给人力量和勇气，让人懂得，在日后的斑斓时光中，如何安然度过，怎样遵从自己的内心，不停向前。而我们也在这样的过程中，变得坚毅，日渐成熟、豁达。

这样，对死亡也有了更多的尊重。因为它是生命中，我们每个人都需要面对的功课。简媜说在她五十多年的生命中有“四位老师、十一位助教、六位学长”不幸故去，这一次次的生离死别，促使她将目光转向生命的终结，更有了告诫读者早早研读“老年学”“为死亡备课”的想法。

或许正是这些与死亡打交道的经验，使得她开始习惯用文字解决一切。所有自然的残酷与人世的无常，对于情感丰沛的人来说，带来打击的同时，更会让其陷入挣扎、茫然的过程，并最终获得洗礼与成长。一如她在早期接触写作时，那些充满期待、茫然，但又不放弃希望、错综复杂的独特的内心感受。

早期因为生活变故带来的坎坷艰难，以及人生诸多的变迁境遇，使得外界似乎有一种力量，牵扯着简媜不停往前走，从兰阳平原到台北都市。她从早期的一包书、几件简单衣服，到最后家庭圆满、儿子学业有成，俗世里的愉悦大抵如此。而写作伴随她的成长与收获，更是成为她人生中弥足珍贵的补偿。

她相信所有的绝望、坎坷及折磨，都有其意义所在，这些体验亦成为她生命中最为重要的写作素材，最终温柔了岁月，安顿了自己。

2. 谁在银闪闪的地方，等你

简媜童年生活的地方是乡野，有河流、山川为伴，所有的自然风光都是那样娟秀、清爽，或许正是这样的成长环境，让她的骨子里渗透了简单、淳朴的特质。她为人诚恳，衣着朴实而不失雅致，内心温润体贴。

武大演讲前一小时，寥寥数人坐在一间普通的办公室，她用笔记下每一个陪伴她宣传的工作人员，细微之处看得出她的严谨、认真，全是老派作风。至今依旧靠笔写书稿，以匠人的心态对待每一部作品。

谈论一个作家最好的归宿在哪儿，她说："对作家来讲，他唯一的灵骨塔就在白纸黑字里。"所以，她记录所有经历的美好，思考人世沧桑，盛载悲喜无常，储备情分相伴。这些透过她的笔，传递给每位与她一道成长、冷暖自知的读者。

“我很小的时候对生命的消逝感很强，在那时的农村社会里，我的印象中大部分时间都是跟老年人在混，最容易发生在老年人身上的是老、病、死，我回想过去，对生命的消逝感强烈，可能是跟这种成长经历有关系。”

这些特殊的生长环境，使得她在日后的文学写作过程中，自然而然懂得如何直面、思考疾病、衰老、死亡这样的人生终极问题。还有那些温情陪伴，来自日常生活、家庭琐事，分外真实。通过细节的描述，让我们看到了一个逐渐老去的作家，传递出的禅意、慈悲、温柔、坚毅与同理心。让人心有敬仰，温暖亲切。

终究有一天，我们都会老去，你在何地度过鎏银岁月？是否病痛缠身需要服侍？身边又将有几位至亲与友人守候探望？能否对生命不再有任何眷顾，心怀美好地离开？这些无疑是我们每个人都需要面对的终极人生问题。

诸如此类，都被简媜以书写的方式呈现在白纸黑字中。慈悲、无私中传递出的苦口婆心，看不到任何啰嗦与空洞，警世诤言直击内心。“肉身是浪荡的独木舟，每个人的人生都是一只装着悲欢离合的包袱，包袱里有各自的欢愉与憾恨。”她虚怀若谷，看尽世事沧桑，却始终坚毅有力地简单生活、真实地面对人世万象。

“生命是一条永不回头的河，不管发源地何等雄伟，流域多么宽阔且肥沃，终有一天，这河必须带着天光云影流向最后一段路。那闪烁的光影不是欢迎，是辞行。”简媜的文风依旧优雅、诗意，只是随着时光的推移，她阐述的命题更为残酷，是每个人都必须直面的老、病、死这些问题，同时也是人类无法回避的课题。比如《谁在银闪闪的地方，等你》一书中，她从肉身出发反省生、老、病、死，探讨物质对人存在的意义，“老人共和国”编织的鎏银岁月里，她像一位母亲那样以慈爱的心境，叙说人世浮生的悲喜交集。

看得出，人到了一定年龄后的写作，显然少了早期作品的华丽幻想，多了老年的智慧幽默，袒露了豁达优雅的自嘲，没有太多浓墨重彩的渲染铺陈。所有侍病伴老历程之爱憎孤寂，让人对人生、命运、生死有了更为清醒的认知。

“你生命之所在，就是你痛苦之所在，什么事情让你痛苦，人生主要的课题就在那里，回避无效，抗拒也无效，你必须去面对它，跟你的命运去和解。”这是简媜最喜欢的一句话。人的一生，有太多的不可知，悲欢喜乐无常，人情冷暖常伴，还有琐事困顿，病痛抗争，所有这些，构成茫茫人世各自的人生走向，这些都被简媜在年老之时进行了回顾、记录，她真正意义上做到了与命运和解。

“我们的一生花很长的时间与心力处理‘生’的问题，却只有很短的时间处理‘老病死’，甚至，也有人抵死不愿意面对这无人能免的终极问题。”简媜说，生固然不易，死也不是那么简单的事，未雨绸缪，才是对生命负责的表现。

“完整的人生应该五味杂陈，且不排除遍体鳞伤”，亦要明了“夫天地者，万物之逆旅也；光阴者，百代之过客也”。生命欢聚有期，最终人世两相忘，“踏上险坡的时候，双手要握着尊严，你要像一条好汉”，这是简媜在进行终极思考时给予自己的丰沛的交待。

3. 让懂的人懂，不懂的人不懂

简媜有一天问妈妈，下辈子还要不要做人。她妈妈说，不要，做人很苦，要做仙。而简媜说，她下辈子也不想做人，做人很辛苦，因为人有喜怒哀乐，人因为有情才有痛苦，而若无情就会做出无情的事情，这样只会给人带来伤害，而她不想伤害别人。

这样的对话让人心灰意冷，亦让人看到了她身上的慈悲。经历了不能细述的西西弗斯式的世间劳役，体察了无法言说的人生滋味，简媜更能以一颗豁达、仁爱之心，对待自己、他人及万物。

对于物质，她已不再有贪念，起居饮食简单、规律，对生命亦无贪执，她说:“当你起念挽留，‘留住吧，生命’，你便不自觉地变成不敢面对疾病、无法思考死亡而凡事采取逃避的老小孩，你所思所想都是如何祛病回春，你会开始贪婪，认为家人应该全心全意照顾你，把你的‘存活’视作生活重心、奋斗目标，稍有不足，便遭你斥责，甚至不惜翻账本向家人讨‘人情债’，落入最俗不可耐的金钱投报率的计算。如果你变成这样的人，我真心地、义无反顾地，希望你的生命终止于一场小型过滤性病毒的狂欢，让猥鄙的场面不致发生。”

这样的一种境界和淡然自若的心境，让她带着感恩与知足的心态，在世间与生命各种事故交手，亦与俗世里有血缘、无血缘关系的诸多人交集，获得了更为饱满与丰沛的人生阅历。如此，获得今日优雅老去的姿态。

生命中所有的美好都是在自然发生的，算是一种知遇。写作，像一枚勋章，伴随简媜的成长，赐予她自由随性的品格，亦让她饱受苦役之鞭策。一个写作者，最重要的是写出好的作品，让灵魂的温度，通过作品传递给外界，给所有懂得自己的读者。文字被阅读、喜爱，这一切让简媜心怀感恩，并觉富足。面对喜欢她作品的读者，她说，与其说你们喜欢我，还不如说，你们喜欢书中所折射的自己。

“活着自己，亦活着他人的千疮百孔的人生。”这是一个十七岁少女最为纯洁的意念。她一生终究要被文字支撑，没有太多功利夹杂其间。她深知：你命在须臾，不久便要烧成灰，也许只剩下一个名字，也许连名字都留不下来。名字是虚的，只是遥远的回响而已。或许是这种淡泊之心，让她的写作之路神圣、纯洁。

她还说，当你老迈，你的时代不再被当代珍惜，你的文字不值得阅读，无人在乎你的书写身份，当此时，你要记住，“飘零也是一桩盛事，也是一种自由之美。”

而苍茫人世中的人们，亦会在各自的命运中，起伏跌宕、悲喜交集，有如戏剧般充满悬疑、辗转、迂回，最终达成自由之美，将一切交付于天地。

萧红：在情爱劫难中寻找温暖

和世俗抗争，与自我交战，被宿命牵绊。所有落寞、无情，被自己的双手抚摸。

1. 始终一个人走路

萧红是我一直都想写，却始终不忍心提笔去写的人。心有怆凄，手会颤抖。这一切或许只是因为萧红童年遭受父亲打骂，祖父总是安慰她：“快快长吧！长大就好了！”后来她“长大”是“长大”了，却终究没有“好”。

“我若死掉祖父，就死掉我一生中最重要的一个人，好像他死了就把人间一切‘爱’和‘温暖’带得空空虚虚。”“从祖父那里，知道了人生除掉了冰冷和憎恶而外，还有温暖和爱。所以我就向‘温暖’和‘爱’的方面，怀着永久的憧憬和追求。”

就是这份憧憬和追求，让她奋不顾身，使出一切力气，与命运抗争，却依旧无法得到圆满的情爱。她不停往外找，而外面却无情地将她往里推。她始终不知道方向在哪儿，哪一处是家。

一切都是那样让人绝望，在高楼下的洪水中，在长江渡口边，在医院的病床上，生活总是那样狰狞，而生命却如同野草般旺盛。她除了写作，还在一次次情爱劫难中寻找“爱”和“温暖”，把它们当作生命中的救命稻草。

只是这些稻草终究也无根，风沙铺天盖地而来，瞎了眼睛，伤了筋骨。最终虚弱得像荒谷中洒落下的花瓣，一片片，独自凋零，自生自灭。

有时想想，这一切或许终归都只是命。她终究，无法如旧式女人般，依附于一人，在隐忍中苟且，在委屈中消耗；又不能像新式女人般，精神独立，人格自主。在情感姻缘中，她赤着脚，往未知的方向踏，一次又一次，甚至都不给自己歇息、喘气的机会。最后只落得遍体鳞伤，血肉模糊。

在这样的过程中，抚慰、擦拭伤口的人，都不是同一个人，守护着她直至伤口愈合的，却始终只有她自己。在医院生下男婴，她好不容易有了骨肉，谁料到，几天后就死去。这是怎样一种孤独与绝望，显然已经超越了常人所能承担的范围。而萧红又是一位性情中人，孩子离世后，她回到重庆，脸上看不到任何哀伤的表情，正所谓“小哀喋喋，大哀默默”。

“我愿你永远幸福。”“我也愿你永远幸福。我吗？”萧红惊愕，然后发出无奈笑声。“未来的前景就摆在我面前了。我将孤苦终生！”

这是萧红从江津回重庆，在长江边上与朋友道别时的对话，现今回想，依旧心有凄切，感觉寒凉刺骨。萧红始终独自一人，道别后，她一脸宁静，只身离开，天空的暗沉一如她的余生。

“我总是一个人走路，以前在东北，到了上海后去日本，现在到重庆，都是自己一个人走路。我好像命定要一个人走路似的……”萧红曾这样对人说过自己孤独的境遇。回重庆的那艘轮船似乎亦象征她一生的飘零与动荡，从一个地方到另一个地方，从一个旅店到另一个旅店，辗转于乱世的天南地北。萧红短暂一生被饥饿、孤独、困苦所充斥，这些生活的现实及时代背景下的境遇将她的精力与生命一点点消耗而尽。

对第一段婚姻，她说：“我别无所求，只想有个安静的环境写东西。”第二段婚姻中，她只想过老百姓式的夫妻生活，没有争吵，没有打闹，没有不忠，没有讥笑，有的只是互相谅解、爱护、体贴。

这点要求应该不算过分，是那样简单、质朴。她只想如普通女子一般，平凡度日，安静写作。事实上，生活有时候就是那么残忍、决绝。越想得到，就越发失望。在那个动荡的年代，萧红的爱与婚姻宿命般酿成了一场又一场悲剧。

而她童年时祖父给予的爱，融入她的血液，充盈她一生的情感，哪怕伤得血肉模糊，仍是全心投入。我们不能不说这是她人性里保留的天真，但又如何不叹息她骨子里感性有余理性不足的悲哀？我们眼睁睁看着她耗尽自己年轻的生命。

任何一个时代，女人对家庭、对爱的追求与付出，可以让她们大放异彩，也可以让她们痛入骨髓。“筋骨若是痛得厉害了，皮肤流点血，也就麻木不觉了。”

2. 一生走的都是败路

几年前，武汉初秋的夜晚，窗外万籁俱静，我坐在客厅看关于萧红的电影。她挺着大肚子，从旅馆里被救，走出来，在洪水的浩荡中远去。那个镜头，让人流泪。一个女人，被命运耍弄，情爱失落，穷困潦倒，除了萧冷、决绝、残酷……还能有什么呢？

而那一幕，仅仅只是她流亡的开始。萧红的一生，和世俗抗争，与自我交战，被宿命牵绊，硬是没能绕过一个才华出众的女作家命定的凄苦与悲凉。爱的匮乏，情之劫难，孩子夭折，窘迫贫穷，疾病早逝，哪一样不让人惋惜疼痛？

这样一位女性的命运，就像荒凉卑微处开放的一朵花，坚韧又无力，一如她写过的文字，铅华洗尽，却又毫无章法。

当世人都在对她的软弱、心狠、自私种种进行这样那样的评判时，萧红终究是自知的。她说，自己一生走的都是败路。这句话，隐含了多少心酸，及不为人知的痛楚、失望、艰难与委屈，恐怕只有她的内心最明了。

在那个封闭的旧时代，女性的困境和局限，她不是不知道，但性格里的一意孤行，终究无法让她挣脱被命运牵绊的缰绳。心中无底，不晓得自己到底能飞多高，所有未知与疑问在其短暂一生结束后获得了诠释。期间，身边虽有人陪伴，获得暂时的人情温暖，但贫困与饥饿，却来得那么直接、真实。

民国时期，命运凄苦的作家，不止萧红一人，但却少有如她般饥寒交迫的。她曾经在一本书中写到，饿到四肢疲软，“肚子好像被踢打放了气的皮球”“我拿什么来喂肚子呢？桌子可以吃吗？草褥子可以吃吗……”“他们被父母生下来，没有什么希望，只希望吃饱了，穿暖了。但也吃不饱，也穿不暖。……满天星光，满屋月亮，人生何如，为什么这么悲凉？”

今天读起来，依旧让人心痛。在那个动荡不安的年代，除了文字给予过她安稳与沉静、飘逸与灵动、自由与诗意的气息，其他一切，似乎都是那么狰狞，那么让人绝望。

3. 为写作而活

然而，她的悲凉又何止这些？她在颠沛流离的后半生，说估计自己活不长，剩余的时间只想安静写作。

只是，这种安静，在她那儿都成为一种奢侈，怀孕、失子、流亡、情薄，没有哪一样是可以让她省心、踏实得了的。好在，她的才华盛名，多少抵抗住了世俗情爱带来的打击与破裂、遗憾与荒凉，最终留下了经典之作，不知道这算不算是一种弥补？

撇开个人是非不谈，萧红的文字终究是可敬可亲的，充满着诗意与灵性，只是，命运终究无法对她做到饶恕、宽仁，岁月待她亦只是薄凉。

所有一切，只因她是萧红。一个内心渴望挣脱，却未曾获得安稳的作家。她饱经悲苦，生活像一个脱离轨道的列车，始终处在孤独无望和战乱动荡中。好在，她让灵魂始终与文字接轨，写尽人世回忆，道尽悲苦情爱。

“严冬一封锁了大地的时候，则大地满处裂着口。从南到北……它们毫无方向地，便随时随地，只要严冬一到，大地就裂开口了。严寒把大地冻裂了。”“我生的时候，祖父已经六十多岁了。我长到四五岁，祖父就快七十了。我还没长到二十岁，祖父就七八十岁了。祖父一过了八十，祖父就死了。”

萧红的文字，质朴，真实，随性，看似无章法，却充满隐喻，异常清冽。这些文字为她的命运插上了翅膀，虽跌跌撞撞，却远远高飞；让她在动乱荒芜的尘世中，终究捡起过华丽与尊贵。生命因文字而绽放，因文字而得到慰藉，并让写作天赋得到了最大程度的释放。

最后的一段婚姻里，萧红终于懂得如何去与生活妥协、和解，只可惜情爱错配，一个人的用情与踏实，换得的却是另一个人的逃避与无力承担。人生的悲苦无望延绵无期，让她更加坚定要让写作之路持续得更久一些的信念。

从此意义上来说，萧红内心终究是明了的，知道自己到底为何而活。所有落寞、无情，被自己的双手抚摸。与自己对话，滋养灵魂，最终让文字大放光芒。

不知道她的在天之灵，是否能感应到，一个又一个十年后，她的作品被热捧，重获生机？她是否会因写作路上的坚守与执著而感到一丝欣慰与满足？

关于自己的故事，她在生前未曾提及，只是死后，被人谈论与评断。理解亦好，不理解亦罢；悲亦好，苦亦罢；懂亦好，不懂亦罢；只是，世上再无萧红，他人所说，百般不同，只愿留有慈悲，就好。

4. 乱世孤寂

1941 年，太平洋战争，让整个香港在炮火中沦陷。外面枪声轰隆，兵荒马乱，交通瘫痪。外界的不安，使得病中的萧红更加悲怆、慌张，她几度更换医院，身体也日渐衰弱。年岁命运，如同悲剧小说，处处都是伏笔与隐喻。

那个时候，躺在病床上呼吸日渐困难的萧红，内心是何等微妙而复杂，似乎她会连同历史被带入另一世界。次年的一月，她写下：“我将与蓝天碧水永处，留下那半部‘红楼’，给别人写了……”就这样，在战火纷飞的乱世中，“身先走，心不甘”地与世辞别。

那一年，她未满三十一岁。终得安息。

一个写作上有所作为的女子，最终在不甘中离世，让人深感遗憾，唏嘘不已。“我一生最大的痛苦和不幸，都是因为我是一个女人。”“女性的天空是低的，羽翼是稀薄的，而身边的累赘是笨重的！”一个世纪前，她这么说。那个时代，女性几乎无法发出自己的声音。而她，又是那么渴求自由、平等、梦想，这就注定她一生的荆棘坎坷、遍体鳞伤和满目疮痍。

若干年后，她的《生死场》倍受追捧，而那些流亡悲伤、由北向南、颠沛不安的生活，终究只成为她一个人的事，就此落下帷幕。即便战火动荡依旧，只是，她再也不用承受世间冷暖和窘迫苍凉。

“黄瓜愿意开一个黄花，就开一个黄花，愿意结一个黄瓜，就结一个黄瓜。若都不愿意，就是一个黄瓜也不结，一朵花也不开，也没有人问它。”“春夏秋冬，一年四季来回循环地走，那是自古也就这样的了。风霜雨雪，受得住的就过去了，受不住的，就寻求着自然的结果，那自然的结果不大好，把一个人默默地一声不响地就拉着离开了这人间的世界了。”

这两段微妙的文字，足够映照萧红的命运，仿若谶语。她一生情债纠葛缠绕如藤蔓，开尽爱情黄花，历经人世悲苦，直至枯萎、凋谢。期间，何曾又未选择过妥协呢？只是命运终究抗不过世事变迁。最终，只留得，星光满屋，洒尽一地悲凉。

欧姬芙：生死寂静

融化了性别的女人，与天地日月一起老去，在时间之外，遗世独立。

最早看到欧姬芙，就被她棱角分明的五官所吸引。光洁的额头，浓眉下一双半眯的褐色眸子，深邃而坚定的眼神，高挺的罗马式鼻梁，坚毅的唇角，修长的脖颈，微微仰起的头，若有所思，神情冷漠，孤单地望着一个方向。

她在看什么呢？天空、大地、云朵、兽骨、泥砖屋……抑或她什么都没看什么也没想。如此独立、傲视、平静地看着一切，她像一座雕塑，宁静而气韵非凡，让人爱慕敬仰而不会沉迷。她的眼神稳妥而无丝毫乱意，仿若人世间风霜在她面前一一掠过，而她却依旧保持鬓发不乱、宠辱不惊。

看过她好几张照片，几乎都没有微笑，配张别样气质的面孔似乎也十分妥帖。朋友告诉她自己曾经造访新墨西哥州，很喜欢那地方及她的家。她问他到底喜欢哪点，他回答，天空。她微微地笑了。“大地豁然开朗”——摄影家安瑟·亚当斯这样描述欧姬芙的笑。

“她活在自己的天地中，外界争吵、议论、评点，与她毫不相干。疏离，是她选择的生活方式，也与他人无关。湛蓝天空和无边孤寂似乎是永恒的题材。她极少在公众场合露面，像流星闪过二战前的美国天空，但那道光芒却长久停留于天空，是那么耀眼、神秘。那布满岁月痕迹的脸庞，粗硬的发丝在脑后挽成髻，身上一袭黑长袍，仿若从泛黄老照片里走出来的一副银色剪影。”

一本自传中，读到这样一段关于欧姬芙的描述。出众的气质与秉性，应该属于独一无二的欧姬芙。疏离、孤独、静寂，有自己的世界。她历经多次人生起伏，最终在沙漠中孤独作画，走很远的路，看日出、日落及自然万物，同时也感受宁静而蓬勃的生命张力。

据说，欧姬芙是在离开纽约的庸俗与自恋以及对她的粗暴、消遣式的解读后，来到新墨西哥州开始平静、内心自由、孤立的生活。也就是在这里，她发现了羊头骨，并将它们作为新的绘画主题，还有花朵、逝去的生命与新生命，构成人间真实万象。

有人形容，欧姬芙一生的艺术命题是从“新生到死亡”。所以，她选择了花朵和兽骨。花朵是新生，骨头是死亡。“我担心别人看不懂我的画——我希望他们能——但又担心他们真的看懂了。很少有人去看一朵花，真的——它是太小了，我们应该悠闲地去观赏，如同和朋友相处。自然界里那些无法言语的事物，让我感到世界的浩瀚，超越了我的认知。我试着透过艺术形式、透过地平线或远方山头寻找无限，以了解它们。”

这些言语，似乎也道出了欧姬芙为什么从来不解释或辩白她画作中的隐喻与象征，一生任人言说，包括善意的曲解。或许在她看来，艺术是相通的。她通过画画传递自然与人的交流，最终获得灵魂相通，无须太过在意外界的热闹评价及恭维解读。

就艺术本身而言，任何声音存在都是合理的。重要的是自己能否执意按照内心的声音，通过作品，去联结外界与他人的关系。不是说，许多伟大作品都源自内心的真实吗？所以，很多时候，各自的理解与角度不同，辩说也就显得苍白而毫无意义。所以，真正好的艺术家他们始终坚持自己，不为外界任何所动，保持持续的创作能力。

欧姬芙一生都未曾怠慢过自己的创作，在她看来，存在于世，就应让自己有不断创作的激情，一旦停滞就意味生命的耗竭，以至于人们看到她一生都在作画。日落、天地、沙漠、兽骨、仙人掌遍生的旷野，堡垒似的泥砖墙，在那些空旷、延绵光影下，于一个封闭荒凉与世隔绝的地方，她度过了半个多世纪——只是为了激情不断地绘画。

她的画笔像一台高清的多功能数码相机，浓艳张裂的花朵、抽象的牛头骨、舒卷云朵、遗世残骨、内院黑门，经她妙笔绘制，充满了大气与凛冽之美。仿佛被激活的生命，散发出生动的光芒。

所有一切只属于欧姬芙的世界。沉浸、深邃、宁静，极富生命力。而这一切，仅仅只是一个普通人的客观想象。至于欧姬芙，则很少谈及创作及私人生活："我在哪出生，我在哪居住，我怎样过活，毫不重要。"

"湛蓝的天空，闪着银色光质。放眼望去，荒漠苍凉，红岩沙丘隆起大地，山艾灌木蔓生得到处都是，娇黄与野性，再热辣不过的颜色。”这是关于欧姬芙晚年所居住的幽灵牧场的描写。

晚年，早已不习惯人群的她面对慕名而来的崇拜者，打开门说：“这是我的正面，”复而转身，“这是我的背面。”然后，把门关上。拒绝客套和交流的她一直到患有眼疾，依旧保持精力充沛，在那个幽灵牧场，专注于创作。似乎只有创作，她才能更好地活下去，且对光始终充满不灭的信念。

“明亮的光，是我人生最初的记忆——光，到处皆是光。”从这段话中，我们不难发现欧姬芙对光的欣赏与敬畏。年老之时，她对光开始有了怀念。她喜欢看日出，可惜晚年因为眼疾，视力与色觉陷入困顿，但这些并没影响她的创作及对生活的热爱。她开始转向立体雕塑创作，并着手写自己的回忆录。

她最终与天地日月一起老去，在时间之外，遗世独立，忘了一切热闹。她生活得自然、质朴、笃实。黑衣，银发，脸上的皱纹越来越多，人也就这样逐渐老去。而她早已习惯日复一日地摊开画布，拿起笔，在沙漠旷野、残阳如血的景色中，日出而作，日落为伴，始终孤冷如斯，如同夜色里那轮皎月，散发出清冷而真实的光芒。

写完这些文字，我情不自禁地想起了法国作家尤瑟纳尔。她们目空一切、冷静如斯的性格何其相似，她们都是属于融化了性别的女人。她们是那样胸怀坦荡，又是如此气定神闲。饱经沧桑后的睿智，宛若辽阔深邃的大海；人世参透后的情怀，有如山谷屹立，万物生长。

chapter 5

世界越热闹，内心越清简

你为何害怕独处

人应该有抗拒哪怕是最好东西的权利

清理是为了更好地遗忘

不以物喜，不以己悲

清欢若有味

平淡生活，亦不失为一场华丽冒险

心有所定，只是专注做事

过往不恋，未来不迎

当下就是永恒，没有太多杂念，亦无须证明些什么。

马咏供图

你为何害怕独处

独处是真相，是人最终需要面对、无法逃避的现实。

家里有老人，是我的外祖母，已是耄耋之年。这个年龄段的她特别渴望晚辈时刻陪伴在身边，即便家里有阿姨照看、二十四小时陪伴，子女们每天都来探望，她依旧觉得寂寞，觉得时日漫长，总是隔三差五让阿姨给母亲打电话，问什么时候再回去。其实母亲刚刚离家才两天而已。

她如同中国大多数老人一样，喜欢热闹，喜欢围绕子孙转。她个性极其强硬，一生未曾吃过苦，大半生的时光都在麻将桌和电视前度过。她年过八旬后，因为精神状态不佳，戒掉一切娱乐，再无其他任何特别的兴趣，突然变得无所事事，内心开始无处安放。

年事已高的她不习惯一个人，越来越害怕独处，总是希望子女时刻陪伴身边，像个孩子时刻需要依赖。只要晚辈一离开，她就恨不得他们马上回家，也不顾及对方是否有工作或家事。而事实上，中国人爱的方式是向下的，晚辈们有各自的工作，照料琐事，家里没事还好，一旦有事，就会忙得焦头烂额。总之，分配给老人的时间，终归有限。此刻，独处能力显得尤为重要。

似乎只有如此，人才能收获孤独带来的自由，抵抗寂寞带来的干扰。毕竟，一生中大部分时间，都需要在独处中度过。在此过程中，你会开启智慧之门，找到独处的美好与真理的存在。

偶尔，我会想，人为什么害怕独处？比如我的外祖母，及现实生活中很多如她般害怕独处的人，大抵是因为他们大部分时间都在热闹和喧嚣中度过，始终都是左顾右盼，心难清静。没有外物的陪伴，他们就会觉得无所适从。

这些在日常生活中，随时都可以见到。在地铁、机场、公园……诸如此类公共场合，人们痴迷于手机、平板电脑；回到家中，被电视、微信、各种电子游戏所俘虏。也就是说，人们很难抽出一点时间，想想此刻的自己，思考自己的生活，与自己的身体和心灵对话。

总之，只要稍微有一点闲暇，人们就开始寻找各种形式的娱乐，以消遣为充实，以娱乐为麻醉。这种现象多少会让人觉得奇怪。不得而知的分心，外界事物的干扰，总是无处不在。似乎人在任何时候都无法成为真正的自己。如此，人变得越发浮躁，心被打乱，害怕独处就成为一种普遍的心理现象。

而我们的工作、生活也在消磨与单调中迷失了。因为长时间习惯了群居与热闹，认为那是一种常态、一种必需的生存方式。某一天，某一刻，一旦需要独处，似乎就变成了一件非常可怕的事情。就好比院子里夏天盛开的花朵，一时热闹，竞相开放，一旦凋谢枯萎，人就会跟着变得失落，生活亦因为没有花朵陪伴，变得单调、毫无意义，于是不得不重新寻找新的寄托，打发一段新时光。

慢慢地，你会发现，随着年龄的增长，害怕独处，无端分散时间和精力，只会让内心更加脆弱、无力。总想找人、事、物相伴，一旦独处，就开始心慌、不舒服、神游，浑身不自在。

日常生活中，我们不妨大胆去尝试，给自己腾出一些时间，独自散步，没人说话，无事可想，只是低头安静走路。那一刻，你可以停下来看一朵花开的样子，看一片枯叶缓缓落下，听心跳的声音，感受内心的活动。你会发现，独处真的没那么难，亦没那么恐惧，反而心会因为静而变得格外丰盈、饱满。

当一个人总是借助外界的热闹充实自己，形成依赖，并最终失去自我时，这个时候应该尽量保持觉照，寻找独处的方式。用一行禅师的话说："有时候我们会觉得空虚、疲惫和无聊，感觉不到真正自我的存在。在这种情况下，即便我们再试图跟其他人接触，我们的努力也会徒然。我们愈努力，愈失落。当这种情况发生了，我们应停止试图跟我们的身外之物进行交流，而应当反求诸己，与自己进行交流，过着'独处'的生活……假如我们这样去做，我们将会恢复我们丰富的精神生活。"或许也正是这样的精神丰富，使得我们的心在习惯独处时，也有可能真正做到超越先前的自己、杜绝外界及诸多人事的干扰。

一个人似乎首先应该具备独处的能力，才有可能更好地发现与其他人、事、物和谐相处的各种可能。比如，在人声嘈杂的机场，看一本书；在地铁上，观察他人的表情；关上车窗，用心聆听一首曲子；站在高山上，感受云卷云舒，听风声看鸟飞……这样的状态，是人本真的全然投入与体验，没有所谓的面具和干扰，心会完全打开，并在那一刻与外界相通。

古语有云："定能生慧。"而真正的独处，也是躲开了外面的喧闹，在内心修篱种菊，让人获得精神成长、身心丰盈与灵性成熟。

试想，若一个人的内心能在真正意义上享受独处的乐趣，获得灵性上的丰沛与自由，那么外界的干扰、牵制还会存在吗？独处时，你有自己的世界，时而开门，时而关门，丰盈而非封闭，享受而非沉迷，自处而非自闭。那一刻，只感受自己，没有外部世界的干扰，与自己对话，没有喧哗与嘈杂的热闹，精神和内心成为观照的对象。静默感受那一刻的独处，真正意义上的和谐才会形成。

独处带来的这些精神上的静美感受，是人在摆脱了俗世喧嚣、外界干扰后，得到的美妙与自由的体验。现实生活中，最好的爱情，一定是先学会独处，才能享受美好；合适的婚姻，显然需要各自独立相处；最好的自己，多半是经历独处，才能逐渐完善内心，获得灵性的成熟。

人需要物质，但更需要精神和灵性。第一步是基础，第二步是提升，第三步是在自我意识不断约束、节制下完善另一个自己。这是超越，也是人本真状态的真实回归；是诗意的土壤，也是创造的契机；这也是一个人关注自我存在，探索生命形态，思考自我意识的必经之路。

只有完成它，你才可能在适当且必要的时候，运用得体，使身心不再慌忙得如小鹿乱撞。我们在获得物质满足的同时，往往会因为精神与灵性的匮乏而不知所终。这也是为什么，很多人热热闹闹、沸沸扬扬地过着自己的一生，最终，却难以意识到自我的存在。

独处是真相，是人最终需要面对、无法逃避的现实。生活中、人性中，很多美好的情感可以彼此温暖、扶持，心相惜，情相近。唯有独处，谁都无法给予，终究需要自己去学会与面对。一个习惯并懂得如何独处的人，即便外面喧闹如戏台，内心亦可始终如奏交响曲。最终，你会发现，自己的世界最热闹，虽然寡言，心却如大海。

关于独处，韩国法顶禅师有段很经典的话：独处是回归自我之路。人在独处的时候会变得单纯。一切都要从头开始，然后开始思考，想想怎样做最正确，深入观察，把目光转向高处……从外壳中找到内核，最后恍然大悟。虽独自一人，却意味着同在。

人应该有抗拒哪怕是最好东西的权利

我慢慢学会了等待和不那么着急渴望得到一样东西，或者越来越觉得很多东西，得到或得不到，已经不再那么重要。

我们都知道，真正懂得生活的人，即便得到微小之物也会满足。欲望不断，毫无节制，只会沦为物品的“管理者”。毕竟，人太容易得到一些东西，就不懂得如何去珍惜，总觉得获取是理所当然的事情。而对于真正想得到的东西，若能推迟得到它的时间，这样的满足感和幸福感会更持久并强烈些，因为来得是那么不容易。

当我理解这一切的时候，已经成了一个懂得克制、不那么迫切需要得到某一样东西的人了。我更加理解了惜物惜福的可贵。

时间久了，我们在生活中，慢慢发现，物质所带来的喜悦只会让人获得短暂的满足感，随后又将陷入空虚与渴望得到的境地。当我们再次看到好的、让人眼前一亮的物件，内心的欲望就又被调度起来，希望将它占为己有。类似心理香港作家素黑有过描述，大概意思是，物质欲望想要得到满足时，如同情欲挣扎，迫不及待地要去尝试、拥有；体验完之后，情欲慢慢退却，然后再次点燃。如此循环，物质成为情绪起伏不定的源头。

我同样是在经历了一些缺失和遗憾带来的诸多内心变动后，才知道哪些更值得拥有。没有了执念，期待只为寻常。如此，发现内心对于安宁的渴求胜过任何物欲带来的满足与虚妄。

时过境迁，当我再回头看那些自己购置的物件，它们甚至有很多被我长久置放于某一个角落，从不拿起。当我一件件审视它们的时候，那些记忆里温暖的场景开始与身体产生联结。它们曾经带给我多少欢愉及俗世里的自得其乐。不可否认，我对它们的情感仅仅停留于那一刻。

所以，我开始学会了整理、管控自己的欲望，学会了放手。那些曾经背负青春烙印的躯壳，某一天被打破，不再成为手铐脚镣、沉重包袱时，内心也就释然了。对于物质的欲求，赠予成为安慰，放手成为最好的纪念。得到与失去，都是无足轻重的事情。

在这样的过程中，亦重新找到了自己与物的关系，我并不是它真正的拥有者和守护者，只是临时看管人。手中的物，若有他人喜欢，我也甘愿相送。我与物的缘分也只是一期一会，且当珍惜。

曾经，我和一个小物做过一个游戏，若三个月之后它还存在，我就拿走它。我选择这样的方式，只是想让雷同呆板的生活获取弹性，同时也考验自己与物的关系是否能真正不那么急不可耐。曾经我是那么不懂节制和为生活留白，如同我曾经拍过的很多图片，空间总是被拍摄对象全屏占满。事实上，它们显得并不那么好看。

这些成长带给我的微妙、复杂感受，也理清了我与物质之间的关系。喜欢并非一定需要占有。

印象中，我曾在后海一家小店发现一件小物，十分喜欢。它就是所谓的正品，我完全可以随时拿到它。犹豫片刻，最终我还是决定不要了。“人应该有抗拒哪怕是最好东西的权利。”香港导演许鞍华的这句话，是用来表达自己不想卷入某些诱惑的是非中。相比便利，她更在意一些东西带给自身的成长；商业资本带来的浮躁，不如交出自己满意的作品来得更逼真，更能体现本我的存在。

这句话之所以让我印象深刻，是因为它所表露的还有人与物、物与本我的关系。人应该有节制得到好东西的美德，这样你才能体会得到的不易，从而升起感恩之心、珍惜之意。曾经，我们是那么不可一世，发现喜欢的物之后必定要拿走，甚至等到第二天都不可以。但事实上，它只能给我们带来短暂的满足感。

我慢慢学会了等待，不再那么焦急渴望得到一样东西。我越来越觉得，很多东西，得到或得不到，已经不再那么重要了。重要的是，人在这样的过程中，如何学会节制，成为一个静默等待、真正懂得欣赏与珍惜的人。

自己始终相信，人和物的关系，同样需要因缘际会。真正好的、适合的，终究需要等待，若能遇见便是一种幸运。

人与物的归属关系，在某种程度上，也传递出一种淡然与笃信的心态。这样的心态让人趋向静默收获，排除干扰和热闹，静待不期而遇。如果你属于我，我宁愿站在远处观望，不那么急迫靠近、希望归己所有。你或者只是我眼中掠过的日月花香，经清风吹拂，花瓣撒落身体，抖落之后，只留得余香缭绕，有回味就好。

是的，当生命进入一个新的阶段，我们应该学会并懂得如何去筛选，最终留下适合的与妥帖的。时间是最好的验证，它会让你因为静默、等待，而得到只属于你的东西。

人生苦短，时间最终给我们留下了什么？又有什么是最重要的？物质与财富终究无法安顿我们的内心，有一天你会发现信仰与满足的重要性。专注看花朵的样子，听鸟的鸣叫，看湖边的溪流，望天空的夜色寂寥深远……世间一切都如此纯净。而物，总会在不知不觉中，干扰我们内心的专注和虔诚。

孔子曰："不义而富且贵，于我如浮云。"待物之心终究是精神和谐的关键，只有做到平衡，你才不会被物质捆绑。如此，人性自由方能得到更好的发挥，生命本身的意义也会就此得到挖掘。

清理是为了更好地遗忘

让时间剔除与筛选掉很多现实中的关系，保持公允之心，是一件很必要的事。

人到一定年龄，就需要开始做减法，不定期地清理一些人、事、物。在这样的过程中，最能检验一个人是否懂得取舍。比如，有些物是否真的必须要？有些欲望及贪念真的能让你获得长久的满足和欣喜吗？有些多余的情感纠纷真的是那么不容易放弃吗？人往往会通过清理和剔除变得简单，开阔。

一次次，我通过清理发现，一些小物被果断丢弃抑或为其找到新主人之后，生活空间就会变得有序。没有什么是不舍或者难以放弃的，这在以前我未必能做到。有人跟我说，家里很多旧物，每次清理，虽觉得无用，却不舍得丢弃抑或送人。我说因为时间未到，又或人暂时无法拥有取舍自如的心境。

无论与物是何种关系，需要与之告别时，我们都不应该有任何的不舍与依恋。保持空间的整洁，让物减少，让生活更加有规律和秩序，终究需要我们做到不定期的整理。

“想要脱离不满意的日常生活，重新开始，首先需要做的是对自己所有的物和关系加以整理。如果不能对所有的物和关系随时进行整理和反省，我们就会被所有的物和关系的枝节牵绊，很难拥有接近本质的生活。”韩国法顶禅师这段关于人与物关系的话，多少道出了清理的必要。这就好比，人很多时候，想要走得更远，就得离开原地；想看更开阔的风景，就得爬更高的山峰；想无限打开心的疆域，就得经历更多的风霜；想和过去真正告别，就得学会果断丢弃很多无用的物。

即便那些物，在你看来曾经是多么不舍或是如何重要，抑或它给你带来过怎样的抚慰和欣喜，这些都不是最重要的。重要的是你能否在适当的时间、地点，与它们道别。那一刻，清理就是最好的纪念。

大约是在第五个年头，我决定将深圳房子里巨大落地书柜里的书做统一的清理。该留下的留下，该赠送的赠送，该丢弃的丢弃，该变卖的变卖。书与小物，累积堆砌，在房子外面的走廊上，一排一排，杂乱无序。在那个特定的环境里，内心因历史呈现，恍如隔世；记忆因书本变得清晰起来。因为时间与空间的距离，我对过往已经能做到释然，无须存留任何物作为纪念。那一刻，清理就是最好的遗忘。

我能做到的就是，为它们找到各自该有的归宿，拍下一张照片，做最后的告别。像一场仪式，它们代表我的曾经，走过哪些路、看过怎样的书、与小物有过怎样的交集。那一刻，我对它们的审视，更像是一次清理、遗忘的过程。之后，书柜与抽屉腾出了很多空间，书架似乎都轻松很多，抽屉也开始容纳新物。而自己的心，也在这样的清理中，变得豁然开朗了。于是在日后，我更加懂得了清理的必要，也养成了一个习惯，定期清理不必要的物。

在北京，我清理得最多的是衣物与饰物，象征我的青春不在，也不那么执著了。由此也让自己学会克制，懂得取舍，相信人与物之间也有特定关系和因缘。放手和得到，都是极其自然的事。正因为如此，我对每一件微小之物都持有尊重和敬畏的态度。

这样的清理让我更加清晰地看到，一路走来，人在不同时期，心境、视野、喜好、格局都在发生微妙而复杂的变化。比如，香水的味道，从早期的香浓到后来的清淡；手表的表盘从先前的小巧到后来的大气……唯独对衣物和饰品的品味，始终如一，喜欢民族、棉麻、随意的服饰。审美如同人的基调，气质已经固定。这样的固定更多是基于认识、了解自己的过程。

在生活进入一个新的分水岭后，我更加明确地知道自己的喜好。它们来自生命中那些不期而遇的真诚与单纯的人、事及物，长久而深厚，没有虚伪与猜疑，有的只是笃定和恳切。它们是我得到的珍贵礼物，因被时光清理、沉淀，而值得信任。这些感受都在我清理物的过程中得以真实呈现。对于我来说，这就是清理的意义。

通过清理传递醒悟，让时间剔除与筛选掉很多现实中的关系，亦是一件很必要的事。一如我们在旅途中，需要轻装、简洁，又或者我们的心像庭院一样，需要不定时地整顿和清扫。这样，我们才能真正体会大扫除带给内心的明净、亮堂及开阔。就好比，玻璃擦干净了，人像也就看得更清楚了；花枝被剪修了，才能更好地生长。

生命是一条奔腾不息的河流，静淌，涌动，分支，最终归于平静，走向它特定的归宿。而清理在这样的过程中更像是一次打开通道的行动，心会随物一起流向不同地方，最终彼此都能找到各自的归宿，从而能够更好地流动。

更重要的是，在清理的过程中，你看清了自己的成长轨迹，让自己的心不断发生微妙的变化。从贪恋物质到注重精神生活的转变，对握在手里的物不再那么纠结、难以取舍了。清理同样亦是一面镜子，透过这面镜子，真实映照出你在当下那一刻的状态，映照出对人、事、物的依恋与喜好。

清理，不再是一念之间的决定，更多像是长期堆积在内心的某种情绪。也就是说，当你意识到这种东西多了，并给你带来物极必反的困扰时，清理能够让你在瞬间得到释放。做到简洁、单纯与质朴，不仅是对昔日的告别，也是一种懂得取舍的生活态度。

总有那么一刻，落叶会埋入泥土，花朵会凋零于秋夜，黎明会冲破黑暗。而我们也应该在这样的过程中变得更加清醒、明晰，从而做到更好地清理，洁净地面对自己。

不以物喜，不以己悲

人的温情让物有了光泽与意义，赠予和得到都是一种芬芳。

“清晨，山谷寂静无声。太阳在山丘后方尚未升起，白雾笼罩的山峰仍旧一片漆黑。这几天来，太阳明亮、强烈，天气有些炎热。热天不会持续下去，今早这天空依旧非常蓝，太阳开始碰触到这雪山顶，而西边有乌黑的云朵。空气是清新的。在这样的高度，群山似乎非常接近。它们冷漠、孤单地矗立着，有种奇特的感觉，仿佛近在咫尺，又似乎广阔而遥远。望着这一切，你会发现大地山河的绵长悠久、自己的短暂渺小。高山、小丘、绿色的田野与河流，在你离开人世后，它们会继续存在，一直在那儿，而你将带着忧虑、不满和悲伤逝去……就是这种短暂，让人类寻求山峦以外的东西，一种称之为人生的内核。或许正是因为如此，人类的精神、乌托邦、崇敬的国度，并未终止人类的痛苦。”

克里希那穆提在他的一本书中，谈到了人类在这个世界上的渺小，及因过于执著追求自然之外的物欲，而给精神造成的痛苦与不安。即便过去近一个世纪，这样的问题，依旧值得我们每一个人去认真思考。

现实生活中，我们赚钱、交际、周旋、挣扎，我们享受物质带来的短暂欢愉，我们争取、算计、搏斗，只为抓住现有的物质，并不断谋求更多的财富。我们甚至今朝有酒今朝醉，总是担心，害怕失去，非常没有安全感，始终想要得到更多。这就是所谓的“生”。

而与“生”息息相关的是“物”。我们希望吃到好的食物，渴望收获更多的物质，大的房子，好的经济，以此满足疲惫的心灵，得到暂时的慰藉。其实，物本身没有什么坏处，欲望也并非不好。关键是，这些东西一旦过剩或者人对此过于执著，它们就会成为累赘。

一次看台湾作家简媜老师的书，她谈到物：“人都喜欢收礼物，不喜收遗物，一字之差，就在于做主人的你肯不肯趁天光未暗时，给物一个安排。”这段话同时让我想到曾经采访的一位香港建筑设计师。他已是七十古来稀的年纪，在设计行业名利双收，德高望重。当天，他讲了一件非常有趣的事情：一次，办公室同事觉得他腕上的手表十分不错，脱口而出，向先生表达喜欢之情。老人二话没说，立刻将手表递给他，对方觉得过于贵重，不愿意接收。“你难道等我死后，遗书上将这个物的归宿写上你的名字，才肯收吗？”老先生此言一出，同事立马接过手表，不再扭捏。

是啊，谁都喜欢收礼物，不喜欢收遗物。人生在世，物是内心欢喜与愉悦的凭证，也是某种情感联结的产物。物在适当的时候，的确能给人满满的正能量。比如，中国有一个传统习惯，喜欢用物质来鼓励晚辈的成绩、荣誉等，孩子也会因此得到一种安慰与满足。那个年龄段的他们，由于习惯了父母的给予、管制，对于物质多少处于被动接收的阶段。

成人则不一样，我们在获得金钱上的满足后，总想填补因工作疲惫而带来的心灵匮乏。为此，我们打开衣柜、饰品盒、鞋柜、书箱，收藏的也好，日用的也罢，琳琅满目，种类繁多。太多的物质，如同队伍每天整齐地排列在你的眼前，你在挑选使用时，像个将军——检阅那支队伍，谁进谁出；或者像皇上选妃子一样，谁成为新宠，谁又被打入冷宫……物在那一刻更像是负面情绪的堆积或者满足虚荣的摆设。

一次去女友家，她给我看自己的晚礼服，一共十套，整齐排列，有的吊牌尚未去掉，都是用来参加派对的。末了她说，这只是其中一部分，加拿大还有五件。我说，你平时穿得多吗，有那么多正式派对参加吗？她说，没有，但偶尔为了不至于让其长久搁置于衣柜，会心血来潮，穿上去参加各式聚会，或去咖啡馆闲坐，或去公园拍拍照片。“好在，我是一个不怎么在乎他人眼光的人。毕竟衣服是先用来愉悦自己的。这些衣物都是用真金白银买来的，一件件挑选出来的，送出去，不一定适合别人，有些该养的还是要养。”我笑她，倒是一个挺能自我辩解和开脱的人。

另一位朋友，对待物，显然只是看管者身份，衣柜的衣服同样一件不能少，永远都有一件没拆吊牌。她有一个优点，就是不定期清理自己的衣物，该送就送，该丢就丢，毫不手软，十分干脆。为此，物质没有给她带来任何堆砌的压力。以缘尽为节点，适当的时候，懂得放手，为其找到新的利用价值，也算是对物的一种尊重。

所谓舍得，在她那里得到很好的诠释。她相信人与物的机缘，如同人与人的缘分一样。有时，遇见就珍惜。从不刻意去找某一件物，喜欢，也不急于带走。如此反而有了超越年龄的笃定和耐心，没有了执著。她相信，有些物，只会在一个地方等待适合它的主人将其带走。

她在执行这些准则时，不到三十五岁。不定期清理和赠予，已成为她生活的一部分，如同日常清洁。“物是死的，人是活的，是人的温情让物有了光泽与意义，这物便活了。”人对待物，应该如同对待自己、他人，以恩泽、良善之心，保持诚恳的态度。

如此，赠予和得到都是一种芬芳，馥郁饱满。佛家这样阐述物：“生不带来死不带去”，“有舍才有得”。而事实上，物与我们的关系贯穿生命始终，相互依存。而同时又映照出人性的贪执。物欲一旦膨胀，最终就如同盛满的水，不停溢出。不懂得节制和分享，浪费和奢侈最终会让心膨胀。

我在年过三十后，对物慢慢有了寡淡之心。一些物，倘若有人喜欢，赠予就好。适当延续物的生命，也是惜物。有些物找到适合它的人，更能体现它的价值。物的诞生与重生，一如万物生长，自有它的归宿和方向。我们只是暂时保管，在一时，而非一世。

不可否认，我们曾经用心打造的物，也给过我们片刻的欢愉和满足，让我们感受到自身的存在。我们可以物的名义，收获微小喜悦，但不要纵容欲望。物可以是锦囊，而非镣铐枷锁。对于喜爱之物，贪婪不放手，终究是“我执”的表现；舍弃、分享，则是“断离舍”的另一种表达。

清欢若有味

现今，清欢已成为奢望。心被热闹、名利充斥，我们仅剩的只是忙。

“细雨斜风作晓寒，淡烟疏柳媚晴滩。入淮清洛渐漫漫。雪沫乳花浮午盏，蓼茸蒿笋试春盘。人间有味是清欢。”据说苏东坡在写作此词时正被贬官，一个人的存在及所获得的成绩，被全盘否定。

但他终究是洒脱之人，懂得释怀、放下。如此遭遇并没让他气馁，心生悲怨。当他远离人世繁杂，负担和官职就此卸下时，反而在午茶蓼茸中，找到诗意的生活。即便风雨倾斜细落，略微清寒，眼前美景仍让他心生荡漾：烟云疏淡，十里河滩，疏柳摇曳，晴晖沐浴，满是春光妩媚。

试想，一个人若没经历几番波折动荡、浮沉挫败，又如何能写出如此清冽有味的词句呢？热爱生活，眼帘细观，心留佳美，闲雅之情不言而喻。抛开人世所谓的怨怼是非，名利挣扎，卸下繁琐纷尕，进入一个新的意境里，就会体验出生活中细微之处的美好、丰沛。一个人的审美趣味及生活态度，通过诗句，可以给人以思考和遐想的空间及美的感受。

我们还能想到，当一个人经历繁华富贵、高官厚禄的人间欢愉后，能舍弃一切，何曾不是一种新境界与好情趣？正所谓只有懂得舍弃原有世界，才可能拥有新的天地。听花落鸟鸣，看山高静流，观日常过往……清欢如此有味，还哪有什么失去、挫败、低谷？有的只是新的精进与豁达的人生态度。

穿越历史，我们从诗词歌赋、普罗大众的口述中感受到，很多古人似乎对物质没有太多的欲望，人际关系也不那么复杂，更少有名利捆绑所带来的苦闷与纠葛。粗茶淡饭，花月映照，吟诗作唱，深山远林，白云生处，夕阳庭院，月与花香，光与长河，枯藤树下与山月同醉……诸如此类，平静生活宛如一幅幅简朴清淡的画卷，透露出的是大智慧和好情趣。

想想现今，清欢已成为奢望，人们的心被热闹、名利所充斥。平日为工作、家庭、琐事奔忙不停，假日为外出游玩收拾匆忙。我们仅剩的只是忙。出门在外，随处可见的熙攘喧杂、人声鼎沸，全是热闹。孩子们辗转于各个平台，嗨歌飙舞，在他们眼里，似乎只有如此才是最好的出路。一场学术演讲后，演讲者往往被围得水泄不通，闪光灯不停闪烁，一张合影似乎要比获得的知识重要得多。世间之人，早已心浮气躁。某些时候，一句解释、一个微笑就可以避免的摩擦，都甚至需要用肢体暴力去解决。

情感被物质所俘虏，欢乐被酒肉虚荣所操纵。人们从来不愿意去承认，过度的娱乐和盲从的跟风只会削弱年轻一代的心智，剥夺他们的精神成长……多少人在表演却不愿意付出真心，多少人在纵容内心的“满足”却看不到灵魂的贪欲与昏睡，又有多少人敷衍别人的同时也在搪塞自己，好像人生只是为了表演给他人看，只需把这一生敷衍过去就行……他们疲于奔波，享有充裕的物质，得到世俗的满足，却无法获得欢愉与清闲。他们甚至觉得纵欲、热闹就是欢乐的表现，而清寂的生活却是一种羞耻，不愿靠近它，亦无省醒觉悟之心。

“兰叶春葳蕤，桂华秋皎洁。欣欣此生意，自尔为佳节。谁知林栖者，闻风坐相悦。草木有本心，何求美人折。”“春有百花秋有月，夏有凉风冬有雪。若无闲事挂心头，便是人间好时节。”这些诗句，让人想到古人的好，大抵是因为他们有一种清欢的心境，只求得心灵上的满足与胸怀的坦荡。

有人说，真正境界高的人是被时代所锻造和提炼出来的，永远都不会被瞬息万变的信息烟尘所覆盖。如果那个时代的万象所映衬的是一幅轻描淡写却意味深远的水墨画，那么他们所奉献出的思想和智慧结晶无疑值得收藏和流传。这一切显然不会因为时空跳跃和光阴流逝而蒙上尘埃，反而散发出光辉，让我们反思当下的人与那一代人的区别，敬仰他们的人性之美。

我们的时代，抛开外界环境不论，想拥有一种清淡欢愉的心境，也并非难事，它取决于你对纯简生活的态度；取决于你在激情追求和努力付出后，是否还愿意保持一种宁静淡泊的心境。

承认自己的不足与局限，用一颗谦卑清净的心去善待他人。在拥有物质享受的同时，不忘昔日的辛苦劳作，时刻警醒自己做一个悲悯而热情、懂得付出和宽恕、愿意帮助他人的人。

拥有成功和荣耀的时候，记得回望那些失败和不幸的时日；得到尊严和顺利的同时，亦想想曾经遭受过的羞辱和不甘颓败的往事。人得做一个甘愿承担忧伤和痛苦的虔诚者，有力量跨过大风浪，也有勇气越过艰险。

一个拥有清欢心境的人，因为他没有幻想，心态平和、质朴，活在当下，劳作，平静看待世间万象，能够以心安换得清淡欢愉，对他们而言，一切都是有味的。

平淡生活，亦不失为一场华丽冒险

忙碌的人忙于任何事情，除了生活。

他说，自己的生活平淡如死水，毫无生机，觉得日子总要每天刺激惊喜不断，才算不枉度此生。又说自己其实很不甘于平淡，儿时家境并不富裕，以至于走入社会后，总想证明些什么，获得更多的财富，这样的生活才算丰富有趣，但做起来终归有难度。

看得出，这是一个内心很矛盾的人，他不甘于平淡，只是因为儿时的家境并不富裕，他还认为人要每天惊喜不断、获取更多的财富，生活才算有趣。这些全来自于他内心的遐想。想超越平淡，却又不愿付出努力。

不知他是否也曾想过，人生忙碌到最后，终归是要归于平淡。现实生活中，形色各异的人，获得物质、财富、名声、地位诸如此类皮囊之外的东西，即便表面看起来热闹，但终究要回归人的本真状态，因为生命原本简单、平淡。

只是由于心性与价值观的不同，有的人认可平淡即美，只要用心生活，即便生活如一杯白开水，独自品味，依旧能找到幸福与宁静带来的恬淡。而有的人则喜欢激越的生活方式，习惯忙碌，无暇享受生活。

有一次我去医院看一朋友，她在病床上看书，我说，医生不是说让你多休息吗，怎么还是闲不住？她说，最近生活一直都忙，下载的很多电影没看，好多书堆积在那，翻的时间都没有，旅行计划也搁浅。这不趁生病，也好好填补下心灵饥渴。说这话时，我俩突兀发笑，略带尴尬。是啊，不是说忙最终都会跟“盲”扯上关系吗？如果你的忙为生活增分，能获得安稳、踏实也好，关键是很多人以假设忙碌、陶醉自我的态度，去对抗生活的种种现状，难以认可心性平淡，甚至过于匆忙，走着走着，就丢了灵魂。

矛盾也就出现了，其实，很多生活看似很丰富，实则空洞；看似热闹，实质乏味。人的精力和时间若用于实际、有趣、向上的生活，工作中做到张弛有度，精神上获取静谧，随时保持准备后退的姿态，那么，人也就没有太多的纠葛及耿耿于怀了，也不会怀疑生活了。

生活中，太过于造作容易使事情变复杂。一旦事情变复杂，人就容易心生厌烦和恶念，因为会强求事物朝其规划的方向发展。成了，会惊喜万分；不成，就会抱怨难安。如此不仅违背人事本身的发展规律，也容易陷入“我执”的境界难以自拔。某种程度上，生命能否获得简单的丰美，取决于你是否具备不造作的心境。不造作就是直白、简单，没有太多杂念。

静水深流需要凝望才能感受其美，长夜静候才能守望朝阳升起时的盛大与庄严；夜里花开多寂寞，但在宁静无声的黑夜里，依旧不失其绚烂与芬芳。所以，我们需要接受平淡的现实，就如同我们需要面对生活褪却繁华后的静美与质朴。

生活，需要保持平常心，这或许才是活着的根基。生活的快乐、悲苦，终究如黑夜来临前的天地，明暗相伴。最终，我们所能把握的则是，更好地珍惜当下的每一刻。

人本是简单的，生活原本是平淡的。

心静如水，天地有大美。

心有所定，只是专注做事

人需要保持内心的专注，才能更好地一路向前。

“这颠倒的世界，有三样东西可以超乎一切之上：音乐，云朵，心。”这是朋友在他的朋友圈更新的一条信息。时间已经走到了2015年的夏天，不知不觉，我们认识已近十年，时光不疾不徐，初识的记忆也恍如昨昔。

在北京，已一年多未曾见面，他约我出来聚聚，我答应了。只是因为当天下午五点还有其他事情，最终选定离家较近的一个咖啡馆见面。

下午三点的咖啡馆，人不是很多，还算安静，我们选坐靠窗边的角落闲聊，谈一些有趣的事情。他算是有心之人，给小朋友买了变形金刚的遥控器，自带小车。小小礼物看得到心意，我诚挚感谢他。只是没告诉他，家里其实已经有了类似这样的玩具。他还拿了自己刚刚出版的一本书送给我，说过去半年都在写这本书。那一刻，我能感受到他片刻的轻松与愉悦，也真心替他感到开心。

期间，我们谈各自最近的状态，阅读的书，工作，生活，对宗教的看法。零碎的话题和想法，让我们的交流甚欢。人的真诚与坦荡，在那一刻如同清水，映照彼此未曾交集的时光。

朋友说，现在的你，较之先前，更加平和了。我微笑，说，可能跟年岁渐长，亦可能和新的内心历练有关。后来回头细想，过去一年，因为境遇变迁，内心发生了很多改变，人也越发趋向静寂的边缘。心在平淡中甘愿接受任何发生，难有大悲喜。

工作、孩子、生活琐事构建日常状态。人也在这样的状态里，体验各种情感交织带给内心的辗转变化。这些复杂细微的转变，映衬出一个人对待万物的本能反应。让人真切体会，世间清凉，花开花落。

我们又谈到了宿命和机缘，这些沉重又没有结论的话题。最终一致认同，相信因缘际会，情分自有定期。人的宿命也一样，难以抗拒。很多事，我们做到尽人事、听天命就好。

我笑了。想想，这些应该是年老才能谈到的话题。似乎有点人未老、心先衰的味道。但这些对话，又确信无疑地，反映了我当下的真实生活。

活着的当下，悲喜起伏，深坑低洼，似乎很难有纠结，也没什么是想不开的了。忘记时间，只专注于某些事、某些人，偶尔收到祝福，自己也心怀感恩地回复。

活着有了纪律，就如同时间自然会流淌。冬去春又来，自然、宇宙、万物，自有规律和节制。而一生又是如此之快，我们在珍惜中把握好每一次机缘，去完成你想完成的事，让心了无遗憾。

分别的时候，我对朋友说，当下的我，很多时候，心时常处于开放的状态，脑子有时一片空白，抑或被大量文字所占据。即便有棘手的难题，也不怕处理不好，关键是看自己是否用心尽力。比如每天早起，读完经书后，跑步，呼吸新鲜空气，看着太阳一点点升起来，照在身上，和煦温暖。大地慢慢被唤醒，听鸟鸣，闻花香，空气温润，滋养万物生长。人在自然中，与天地同在。

只是，有时候，突然想发笑，因为阳光灿烂，大地清凉，日月交替，湖面荡漾。夜晚出去散步，看到路边的花被夜幕笼罩，一片朦胧之美。偶尔停下来，注视它们一会儿，顿觉饱满丰盈，香气沁鼻。回到小区，绕过一个公园，里面有老人和孩子，他们说话、玩耍，充满生活的气息。

这一切使生活变得越发清简、质朴。没有大量信息填塞，也无太多繁琐负重。在适当的时候做到严格筛选和控制，剔除多余的情感，并不断抹掉心底不必要的痕迹。人需要保持内心的专注，才能更好地前行。

韩国法顶禅师在他一本书中写道：“住在山里，从大自然中看、听、感受、思考和学习，生活没有任何不足。如果不对泛滥的信息加以控制，生活就会被埋没，失去生机。为了这些完全可以不看、不听、不知道的事情，我们浪费了多少时间和精力。……生活中究竟哪些是必需的，哪些是不必要的，我们试图进行严格的区别。若没有这种属于自己的秩序，我们的人生就无法自主。”这也是我赞同和欣赏的生活方式，一种清简有序的生活态度，属于心有所定、专注做事的人。

当然，我们不一定非得如禅师那般远离红尘，在山林中感悟一些东西。至少，我们可以保持当下的状态，清楚自己想要的生活，卸下多余的包袱，尽可能保持质朴，不断清理、深化，回到人本该具备的“原始清净”状态中。

生活没有那么多的繁琐，也没有太多需要解释的。各自对人事的认知即便有差别，能理解就好。每个人的内心准则不一样，能知遇同类，已算是幸运。我们若能完成一些自己喜欢的事，更是需要感恩。

如此状态下，即便你被各种工作困扰、琐事牵绊，在不迷失自己的前提下，依然能保持“过往不恋，当时不杂，未来不迎”的心态，给予自己适当的时间，让心灵变得安然。一如焦谛卡禅师所言：“生命就是这样，不要把过去和未来的一切放在心上，具足正念活在当下每一刻。船到桥头自然直。”

过往不恋，未来不迎

不需要维系虚假的表象，若无他求亦无太多欲念。不恋过往，当下不杂，未来自有定向。

因为工作关系，去798，提前到，闲逛附近小巷。或许是上午的缘故，人烟稀少，非常安静。穿过几条满是斑驳的红砖瓦房的小巷，于拐角处看到一间小店，店名是“此时此地”。很喜欢，站在外面拍了照，红色实木门，外墙是灰色旧砖块，一种古老气息扑面而来。

走进去，里面有台原始织布机，红色、黄色、蓝色、白色等，多色棉线条理清晰地缠绕在织布机上，老人正低头劳作，专心织布。里面出售的布料都是祖父辈那代人熟悉的物品，床单、被套、枕巾都用粗麻布制作而成，非常厚实、沉重，有精致的绣花。

那一刻，仿佛回到了旧时光。在中国，类似这样的传统手艺正在消失，能遇见也是幸运。大概几年前，在澳门的一个巷口，看一位头发花白、身材消瘦的老人手工制作西饼，用料、调制、雕刻、摆放，每一步，老人都非常专心与投入，让人印象深刻。我站在远处拍过一张他的背影，只因那一刻，透过热闹与喧哗，我看到了一位手艺老人心中的清明与宁静。

又一次，在双廊，同样是老奶奶在手工织布，机器不断地发出吱呀声，她手脚同步，姿势长时间保持一致。身后，门庭若市，一片喧闹，而老人静默专心，低头劳作，仿佛外界一切都与她无关。

几位不同时间、地点的老人都是专注的、安定的，他们缓慢、简单地劳作，循环反复。制作出的产品精致、完美，看得出是老手也是高手，是他们一年又一年用情与坚持的成果。他们是这个时代少有的手艺人，也应该是听从内心、有情怀的人，以匠人精神对待自己从事的微小事情。

他们是旧式的人，安静、单纯，心无旁骛。生活简单质朴，劳作度日，没有太多交际。或许是因为生活方式单一，他们似乎更能做到淡泊、专一、心有所属。而现在的很多人，内心浮躁，缺乏安全感，像是找不到精神家园的流浪儿。

人们什么都不缺了，但又似乎总是觉得缺少点什么，希望拥有更多。生活的目的与意义在彷徨中消耗枯竭，虚妄度日，在某些事情上，总想快速达成，以为有捷径可走。在一些重大事件发生的时候，人们还很容易被集体带入一场无力的哀叹中，又能很快进入另一场盛大的狂欢中。让人百思不得其解。

至于日常交际，还流行拉帮结派，打口水仗，习惯以隐匿的身份，通过公共平台发泄自己的情绪。有点小才小貌就洋洋自得、趾高气扬，

“知进退，有分寸”这种人性中的好品格更是稀缺。很少看到有谦卑、清凉之心的人，即便有，亦会被人视为矫情、不合时宜。人与人之间缺少诚恳和怜悯。

一次朋友对我说，众生皆平等，与人之间应多结善缘，这样才能获得内心的宁静。至于咄咄逼人、当面争执、撕破脸皮，不过是为了掩饰自己内心的惶恐与不安。

后来，我对他说，与人交往要学会换位思考，懂得如何内省的人是美好、心安的，这样的人会让人感动，自己未来的路也会越走越宽。

猜测他人的给予与自己曾经的付出是否等值；以狭隘的猜测，怀疑他人的回馈是否过于敷衍；习惯抱怨与盲从追逐；总是喜欢如数家珍地讨伐别人对自己的不是，却从不记得他人曾给予的点滴恩惠与信任；总是想自己是被伤害的人，却不愿顾及他人的内心感受，不愿去无私承担一些什么……诸如此类，恶的细胞无形之中已在体内膨胀。殊不知，此刻的自己早已在一个浮动、喧噪不安的环境中有了偏颇之心。

试想，一个人若无法拥有自我觉醒意识，无法做到诚实、坦然、自制，始终从自身的角度和观点出发去考虑问题，又如何能自如地面对生活中出现的沉浮起落呢？

见过一些未曾经历过生活波荡起伏的人，其内心脆弱得如同一只廉价的玻璃杯，稍动即碎。这个时代赋予当下人们各种满足与需求，同时亦最大限度地映照和折射出我们精神上的匮乏与心理上的迷乱：对他人的不够理解和包容、尊重与怜悯；以自我为中心，毫无界限地踩踏情感；为了利益，可以违背道德底线，诸如此类如藤蔓纠缠，难以斩断。

所以，无论时代如何变迁、岁月如何流转，人都应该具备觉醒的能力。每个人都应学会反思、改进，尽可能单纯、简朴地生活，无须向外界、他人证明些什么，亦无须太过用力去生活。

若我们亲历了生命的真相，知道了时间短暂、路途漫长、无常随时会袭来，也就学会了敬重生命、认同众生平等。

正所谓心即是寺庙，善心即是哲学。

我所理解的幸福

未曾历经痛苦，何以配得幸福

幸福还能是什么意思

孩子，让我开始有了伴

那一年，我开始懂得母亲

三十多年后，我开始回忆父亲

祖父，一个我生命中未曾缺席的角色

有一个地方，是再也回不去的故乡

陈春林供图

你要配得起一切吃过的苦，才可能享得了人世所能受的福。

未曾历经痛苦，何以配得幸福

只有历经痛苦，才能配得起幸福，一如只有穿越黑暗，才能抵达光亮。

日常生活中，经常会有人告诉我他们所谓的痛苦是那么真实，而我总是不知道该跟他们说些什么。在我看来，真正的痛苦，是无法说出来的，也很难从他人那里得到安慰。而一般的痛苦，比如因为所谓的小情小爱、分合吵闹导致的失魂落魄、茶不思饭不进……此类种种，大抵只能算是平日里的小纠葛小矛盾而已。

当我倾听了很多人的诉说后，发现当下有些人对痛苦的承受力越来越微弱，容易被所谓的痛苦左右。他们唯一获得安抚的方式，就是向他人倾诉。在这样的过程中，我能感受到他们对幸福的期盼。

我一直都认为，当我们向陌生人倾诉内心的苦楚时，也在削弱、剥夺一个人本该用力去托举生活变迁所带来的种种变化及成长的可能性。若一个人总是极力通过抓住外界获取自己的救命稻草，来获得内心短暂的平息与安慰，又如何能获得真正意义上的坚韧与有力呢?

艾默生说过，真正的痛苦是人们默然承受的、不愿别人怜悯和安慰的痛苦。这和马金先生的“最大的痛苦是不能向别人诉说的痛苦”有异曲同工之妙。这些说法巧妙地道出了大多数人所能诉说的苦，大抵多是内心力量不够强大的表现而已，又或者只是他们太喜欢为自我精神寻找庇护所，热衷于倾诉。

所以，在人际交往中，我一直对那些承担痛苦却始终保持沉默的人，充满敬仰与爱慕。他们在面对现实生活的磨难和打击后，依旧能以一颗仁厚、良善之心对待自己及外界一切。在和他们的交谈中，你丝毫感受不到对方是一个曾承受过巨大磨难和悲苦命运的人。

或许在他们看来，一个人所历经的悲苦并不可怕，可怕的是对悲苦的麻木与认识程度不足，并由此陷入自哀自怨的境地。所以，他们历经种种磨砺后，依旧能以外柔内刚的态度，善待生活与自身的命运。

就是说，一个人对痛苦了解的程度越深，他内在的能量会越大，他就越能真正具备承担并减轻痛苦的能力。一个人，只有历经痛苦，才能配得起幸福，一如只有穿越黑暗，才能抵达光亮。

只是现实生活中太多人，无法深刻体会到这一点，他们总是想着能通过外力和他力来消除自己的痛苦。比如，前一天还好好的，第二天因为工作或者其他干扰，与家人之间产生矛盾。于是，那些对痛苦承受力差的人，就开始打电话、发微信，希望通过自己的诉说，引发他人的同情抑或怜悯。他们渴望得到安慰的心情，是那样迫不及待。倾诉时，他们还习惯将所有的过错与怨恨都归于他人，而令自己成为一个受害者。

他们反复向对方讨公道，评是非，像祥林嫂一样喋喋不休。倘若他们倾诉的对象是一个内心强大、吸收能力稳定的人还好，假如对方是一个情绪极其容易起波动、无力撑起苦痛的人，那么，沮丧、难过、伤心就成了那一刻两个人共同面临的问题了。无疑这个时候，撇除痛苦本身不谈，可能被倾诉方也就成了一个吸收他人负面情绪的人。

宗萨钦哲仁波切有一篇关于痛苦的文章，让人印象深刻。他说，作为发愿成为菩萨的你，如果感到需要纵容自己的痛苦，那么请独自享用。别把其他人一起拖下情绪的疯狂大戏之中。特别是，如果你是“施受法”的行者，誓言要承担世上所有众生的痛苦，就更不应让别人“分享”你的痛苦。

当然，我们只是俗世男女，可能无法如宗萨所言，承担世上众生之痛苦，但至少，我们应该要不断培养和训练自己承担痛苦的能力。

如果说痛苦与幸福是一把双刃剑，那么一个人只有具备足够承担痛苦的能力，才能托举丰沛的幸福。只是现实生活中，很多人在追求幸福的同时，忽略了内心的力量及承担痛苦的勇气。也习惯了将痛苦无限放大，以致烦恼丛生。

按哲学家叔本华的观点来说，巨大的痛苦使人能承受原本难以承受的痛苦，相反的，如果没有巨大的痛苦，即使是最小的烦恼也会成为痛苦的根源。

这就好比运动员举重，若痛苦是臂膀需要撑起的重量，人只有通过不断地试举，逐渐积蓄体内的力量，才有可能举起更重的杠铃。这期间就是一个不断负重、挑战、试炼的过程。

所以，能说出来的痛苦往往无法称为真正的痛苦，唯有经过磨砺，心才能具备力量。要知道，世间万事，人事回应，从来都是对等的，总想轻而易举就得到某种喜乐、自由与收获，这种想法本身是有问题的。

对我来说，痛苦是磨砺，是成长必经的道，它曾经潜伏于内心的某一处，百味杂陈，无以言说。这样的痛苦，也算是一种恩典。它让我在体察了诸多人生苦难后，于自控和坚持负重的境遇中，奉痛苦为上师，鞭策自己不断前行。

谁都渴望自己的日子过得四平八稳，一帆风顺。只是生活从来都是十有八九不如意，没有十全十美。你今天春风得意，明天就有可能面临困苦，那一刻，最需要的是你对生活的正确态度与定力。

当一个人能够以理性、客观的心态对待一切痛苦，并努力走过那一段后，再回头看外界一切，你会发现曾经的经历是那么微不足道，而且你会对微小之事都能做到心怀感恩，以谦卑之情对待人事万物。

当然也有人说，我承受痛苦的能力比较弱，但凡心里有任何不爽，就想到处倾诉。其实偶尔的倾诉倒也没有错，人都有柔弱无力的时候，只是倾诉一旦成为习惯，那么内心所能承载的东西肯定会越来越少。

就好比，有的人在痛苦面前一蹶不振，将痛苦转化为哀怨与悲愤，逃避，倾诉，直至后来越发无力，成为消耗他人精、气、神的累赘。而有的人则会将痛苦视为亲密伴侣，面对它，接受它，处理它，为此获得新的境遇，如同新生。

释迦牟尼在经历了诸多磨砺和劫难后，最后在菩提树下涅槃，证悟幸福，这样的幸福是大彻大悟后的智慧。而凡尘男女，同样可以通过托举生活所给予的痛苦，获得内心的开阔明净。

若没吃过黄连的苦，就不知蜂蜜的甜；没有撕心裂肺地哭过，就无法体会从容开心的笑。所以，对于任何人而言，苦不会白吃，福不会白享。正所谓，你要配得起一切吃过的苦，才可能享得了人世所能受的福。

幸福还能是什么意思

幸福有真相，亦是虚幻。太多人在获得了物质和财富满足后，依旧渴望幸福。

“上一个十年，痛或快乐是大问题；这一个十年，幸福成了大问题。”白岩松先生关于幸福的言论，道出了当下这个时代人们所面临的现实问题，这甚至成为困扰很多人内心的难题。

H和白岩松先生属于同一个年代的人，在完成长达十年的律师职业生涯后，进入人生的下一个十年，他也开始思考幸福与自己的关系。

H是深圳一家知名律师事务所的资深律师，因为有多年的职业经验，加上一张明星脸，自带张扬的性格，他成了媒体采访的专业户。

一次采访后闲聊，他突然感慨：“每天到公司楼下，遇见保洁阿姨，她都会主动和我打招呼，总是笑容满面，似乎心里有朵花在盛开，那应该是幸福的表现，但是我怎么就很少能找到这种感觉呢？”说这话时，我看到他脸上流露出真实的焦虑与不安。

那是一个夏天，炎热的深圳进入梅雨季，人在那样的时空中，极其容易烦闷不安，好在偶尔有花香和凉风飘进，让人多少能感受到一丝静谧。H的办公地点在深南大道边上一座高档写字楼里，里面一片繁忙的景象。外面阳光炙热，花开正当时，天空刚被一场雨水冲洗，空气清冽。深南大道的美一如往昔，人流车流，来回穿梭。世间的热闹，直逼内心，他的人生也面临新的挑战。

在与H探讨幸福的时候，我说幸福有时候可能是真相，但有时又是虚幻。幸福所带来的感觉，不是他人的一句赞美、外属的一件物品加持抑或一次旅行就能真正给予的……人最终的幸福感应该来自内心的欢喜。我问H是否喜欢自己的工作？

“做案头，见当事人，准备材料，写起诉状、辩护词，有时候遇到有社会影响力的案子，被人威胁是常有的事情……这些事耗尽了我大半生的时间，一般节假日休息都是关机，只想清净。律师唯一给予我的是名和利，但这些终究短暂。我最大的理想是做一个收藏家，收集名画、古董、各种古书。”

“偶尔也会觉得自己很幸福，因为律师这个职业让我找到帮助别人的意义，但那只是少数时候。某个阶段，我在他人身上找到了自己的存在感及价值所在，能感受到短暂的幸福和欢愉。很快，人似乎又陷入巨大的失落与茫然中，它甚至会让你的情绪落入最低点。这让我重新思考，我真的幸福吗？这是人生终极但真实的问题。”

若用世俗标准评判，H无疑是成功人士。在外人看来，他或许是幸福的，有好的家庭、聪明的孩子、健康的身体。但在某些时段，幸福在他身上，又演变成了欲望的代名词，充满焦虑与空虚。

如此活过，一个又一个十年之后，幸福成为他的问题。美国著名心理学家马汀·塞利格曼在谈及幸福时曾提到过两种人生，即“快乐的人生”和“美好的人生”。就H而言，他显然过了快乐和痛苦的阶段，目前处于“两种人生”的分界岭。这如同黎明前的黑暗，抑或窗户最后那一层未被捅破的纸，若能做到适度的取舍与放弃，或许幸福也就不再是虚幻的概念了，它会成为人真实的生活感悟。

更具体点来说，幸福原本就驻扎在我们每一个人的心中，只是我们在欲望、诱惑、盲从的追逐下，本心慢慢迷失，且习惯用外物去填充它，这样一来，幸福反而成了可遇不可求的事情。

只是人心难满，欲望难填。现实生活中有很多如同H一样的人，即便享有盛名与财富，仍旧找不到幸福感。而有的人少欲易满足，一件亲手缝制的饰品、一顿简单的午餐、一本耐读的书，都能让他感觉幸福满满。

有人说，一个幸福的人，在生活各个层面上都会很成功，包括婚姻、友谊、收入等等。表面理解其要求，似乎有难度。但仔细想，自己内心的需求和现有状况的匹配，似乎并不那么高，关键看你如何评价自己目前的所得与所求。

于我而言，幸福应该是循世谋生，知足淡泊，专注生活，简化关系，懂得放下，善待他人。所以真正的幸福应该来自内心的感受，没有攀比，无须靠外力支撑，来自顺天施化，不假装，不盲从，有自己的信念与追求。

孩子，让我开始有了伴

你给予我的远胜于我所付出的。希望你能在爱与被爱中，获得更为稳妥的情感。

“我在天上飞，搜遍了整个世界，觉得现在的妈妈是世界上最好的妈妈。因为感觉妈妈看起来很孤单，我想要是有我来陪妈妈，妈妈就不会孤单了吧。”婴儿在出生前和云朵、天空玩耍，他们与“神仙”“天使”“精灵”住在一起，他们的世界平和、恬静。到时机成熟时，决定由哪位妈妈生下自己，然后穿过隧道，通过天梯，投胎到妈妈的肚子里。“父母是孩子选择的。”一位日本作家在一本书中写过的话，被我摘抄下来，放在笔记本上，每次读到它，都深有感触。

看这本书的时候，我们在深圳。你刚满一岁，处于蹒跚学步的阶段。我带你去东湖公园，在一个空旷的草坪上停歇下来，你看到头顶上飞翔的风筝，不停追、望，那天的天空纯净无比，蓝白相间，如同画布般美丽。书里面的细节突然清晰呈现，如同你我那一刻在草坪上的身影。周边人来人往，完全陌生。只有我们彼此陪伴、相守，守着那一刻的太平盛世。那一刻，怎么看，都是好的，都是平安的。

回到书里的情节，初看似乎带有童话色彩，细想确实：万物皆有因缘。所有巧合都是有意选择、帮你还愿的，没有缘由不去珍惜。

我历经两天一晚的漫长阵痛后，你于十月的一个傍晚如期来到世间。此后，我们开始相互陪伴，共同度过了很多平静、无邪的时光。

大约不到两岁，你将身体完全趴在地上，手里拿一朵凋落的花瓣，给猫喂食，不停地嘀咕着“吃”“吃”。猫咪在你面前，一动不动，我站在不远处看着你，那是秋天的九月。你大抵是不知道，猫是无法以花朵为食的。

你开始有记忆时应该不到一岁。三岁再带你回南方一个小城，我们一起回去看妈妈年少时居住的房子，你准确地告诉我是哪一栋。那一刻，我相信你脑海中已经开始有很多记忆，你都能用稚嫩的声音表达出来。这些表达让我看到，一个孩子的内心世界开始逐渐构建起来，并毫无掩饰地表达每种真实的情感。

比如，你总是喜欢让我抱。即便慢慢长大，你学习说话了，会说“来，来，来，抱抱”，然后发出嘻嘻的笑声，有点不好意思，又似乎很赖皮，你用这样的方式俘虏我，让我抱起日渐沉重的你。我喜欢抱着你在傍晚的时候一起散步，不曾感到疲累。后来，你的身体变得重实起来，我们也商量着，走一段，抱一段，就这样，最终，抵达所要到达的目的地。

你一天天长大，样子也不断发生变化，奇妙的变化，你给我带来无以言表的真实、童趣，让我看到生活新的美好与希望。

再后来，为了让你更多地体验旅行所带来的乐趣，在你读幼儿园时，我经常给你请假。我无意让你不遵守纪律，脱离集体生活。只是一想到你日后漫长时光都要在一个个固定空间学习、工作，那么多的不自由，就希望你可以在相对宽裕、不那么影响学习的时段，外出玩耍。一次我们去海拉尔旅行，抵达已是深夜。我抱着你，在远方陌生的城市，真切地感受到你给我带来的宁静与心安。

那个夜晚，旅馆四周一片寂静，窗外是学校，还有大片的建筑工地，房间灯光柔和，我安顿你熟睡后，独自站在窗口看远处闪耀的灯火及斑驳破旧的围墙，它们离我很近，却又那么遥远，似乎里面有某种深不可测的秘密，如同未知的人生，让人心生好奇。你幼小的身体在洁白床单上熟睡，我看着你，内心的温暖与踏实感油然而生。我们彼此为伴，无论走多远，都不觉得孤单。这一切得益于生活的恩赐，是上天赐予我的礼物，怎能不心怀感激？

所有被生活融合的经历，让人生获得新的分量，让生命变得充沛，值得珍惜。那个远方城市的夜晚就给了我这样的充沛。我们只是路人，在那个空间，我们如同连体的生命，你让我看到了彼此的存在与依赖。那一刻，我第一次真切、实在地觉得自己有了伴，有了血肉相连的亲人。

以前做什么事情都是一个人。后来，不管我去哪里，情况特殊与否，都习惯带你上路，尽管旅途周折有诸多不便，但我还是愿意不辞辛劳。在和你相处的过程中，我看到了一个孩子的世界澄清明亮、精力旺盛，像万物一样，生长有力、自然，是那样茁壮坚实。你在夕阳下马路边奔跑，笑声冲破黄昏的宁静；你在游乐园嬉笑、玩耍，自由的时间里忘记外物的存在；你自说自话，自娱自乐，独自发笑，偶尔哭泣，一切都是那么纯真、自然。

孩子的世界，向来天真，舍得付出，不计较对错，懂得回馈，毫不吝啬自己的温暖及笑，也不隐瞒内心的委屈与泪。而成人，在经过了世俗的熏陶、改变和融合之后，又是如何在慢慢失去这一切，日益变得圆滑、世俗，从而忘掉初心的？我在一个孩子身上，感受到了人性在成长过程中的退化与变迁；也在一个孩子身上，获得了自我教育与蜕变。某种程度，这也是一个独立新生命给予我的宝贵意义所在。

我不知道如何更好地记录你成长的点滴，于是喜欢给你拍照片，记录你变化的面孔和身体。照片大多是你在专注做某一件事情，又或者是你在玩耍、嬉闹时的情景，我习惯抓拍的你的模样，是那样童真、可爱。

至于日后漫长的时光，如果我有力为你做一切，我将毫无保留；倘若无力，我希望你是独立的、自由的、充满爱的，丰盈自己也补给他人。如果成长的路，波折崎岖，我希望你能勇敢，遵从内心，无所畏惧，战胜他人的眼光和评论，如此，才能有美好的未来。

这个世界向来评断标准不一，你应该有自己独立选择与判断的能力。要知道，人云亦云将是多么无力无趣，它不但会左右你的想法，也会剥夺你独立思考的能力。如果有一天你已明白，人在为自己而活亦为身边人而活的时候，你也应该懂得爱的博大、真诚及厚实，它会带领你走向更加宽宏美好的未来。

就像你的母亲，曾历经诸多周折、不易，最终，通过与自己、外界的和解，逐渐成为一个真实的人。这是我所选择的路，它因为接纳与担当，使生命亦开始变得鲜活起来。而曾经无以言表、无法得到解释的种种，也在岁月的流逝中变得模糊。

让我觉得愧疚的是，某一段时间你会在夜里醒来，突然无端哭泣，是那么伤心。我在身边抚摸安慰你，我甚至会想到是自己把心底的悲伤和痛苦遗留给你了，于是充满自责。我知道你历经辛苦来到我身边，是那么艰难。所以，某些方面是比较宠你的，这种宠爱，似乎是作为母亲的一种本能。我把所有深藏于内心的情感，都毫无保留地交付给你，只想你能得到充沛的爱，日后，也能有能力自爱并爱人。

我相信这是一种责任，也是所有母子关系里最坚固的、最稳定的情感支撑。它能让我们在未来，即便分开，各自走上更为宽广的道路，也能相互惦念、惺惺相惜。那是爱与被爱的联结。

但愿你能在爱与被爱中，获得更为稳妥的情感，选择更为宽广的道路。没有乡愁。一生平安。

那一年，我开始懂得母亲

我们可以相互陪伴，却无法彼此安慰。

记忆中，她穿八十年代流行的黑色一步裙、肉色丝袜、花色上衣，短发微卷，站在窗口看同学送我的贺卡。我说，妈妈，我回来了。她放下手里的卡片，与我在屋子里说话，而后我转身离开，出门玩耍，她做晚餐。能吃到她做的饭，当时很开心。

一次生病，她回家看我，大抵是看到我被病痛折磨得憔悴、难看，她难过，边擦眼泪边送我去医院。我穿着她给我买的新衣和鞋，在医院打点滴，不觉得有多难受。年少的无畏与坚韧已经慢慢在身体里埋下种子。那一年我不到十岁，她不到三十六岁。

又一次，我在学校上夜自习，她和邻居阿姨做伴去接我回家，只为多待一晚。我们微火照明，过渡河，走小路，绕巷口，回到家，挤在一张床上。那个晚上，或许因为兴奋，抑或紧张，我似睡非睡。年少无知，不懂得珍惜，习惯了分离。那一年，她四十二岁，但依旧年轻，我不觉得她会老去。我们始终有隔膜。

春天，学校分配我们去深圳工作，走前，她给我两千元作路费和生活费。一个星期后，大部分同学都分配到工厂，唯独我奇装异服，一脸不屑。结果可想而知，我与少数几位同学无法被安置。那时候，我们家的家境已经不如从前，生意上需要大笔资金耗出，盈利却总是微薄，生活一度陷入艰难困顿。我说："妈妈，对不起，钱快花完了，工作也没有找到。"我记忆中第一次因为内疚和伤心，在她面前流泪。她安慰我："说什么对不起，回来就好。"

那时候，我开始知道体恤父母的不易，但仍旧不知道如何给予关心。青春的懵懂、不安依旧。那一年，母亲近五十岁，但因为保养和服饰的打扮，未曾觉得她老。

再次决定去深圳，是一年后的夏天。我独自拉着行李，装了几件衣服，放了几期《南风窗》杂志；住破旧小旅馆，人声喧嚷嘈杂，彻夜不息。天气非常炎热，我几经辗转面试，最终找到自己喜欢的工作——杂志编辑。苦与累化为微小的收获和转变，心无挂念，嬉笑，玩耍，时间不疾不徐，前路漫长，青春的梦想和希望都在一步步成为现实。那时内心多么荡漾？外界无限美好。

期间，母亲独自去深圳看过我一次。那时候，我租住在罗湖区的一个公寓里，她和我晚上睡一张床。那一刻，我们彼此离得很近，显然已经少了我年少时的重重隔膜。她只是不放心我，想看看我过得怎么样。几日之后，便离开。我想，她应该是安心了，那个从小孤独高冷的孩子，如今已成大人，具备足够养活自己的能力，且有适合的人陪伴，算是有了照应。

一周后，我送她去罗湖火车站。离开时，我没有眼泪，亦无牵挂，不知忧愁，青春的孤傲与稚嫩，一览无余。就这样，我继续向前行走，风景，生活，工作，它们依旧发生变化，趋向好的方向。期间，我能满足父母微小的要求，无非是带他们在深圳居住、游玩。我依旧是一个天真的孩子，随意、自由、欢喜。最好的时光记忆终究短暂，难得完满。

现在回想，我与母亲再次的心灵相通，是在2006年秋。那一年，因为生命中的一场重大变故带来的痛楚和压力，需要独自承担，我看似淡定、张弛有度，实则身体里隐藏的疼痛、无力在骨子里漫延，身心疲累。次年春天，母亲去深圳陪我，而我延续了少年时期的任性与倔强，偶尔的矛盾、我给予她的挑战与压力，不可谓不大。那一年，母亲开始有了信仰。而我因为悲苦带来的伤痛，沉浸于惶恐、迷茫、无助中。

一个生命的离去，让我的工作、生活一度陷入迷茫。我还是那么不懂得放松，逼着自己，接受无常带来的真相，看似清醒，实则心力交瘁，不知所措。封闭与沉默成为我那段时间的生活常态，近乎四年都是如此。现在回看，看似我独自支撑走过困顿，实则母亲在与我一同承受。

2010年秋，我决定离开深圳，去北京生活。母亲同意，但多少还是担心。母亲知道我内心的辗转和波折，但我们彼此心照不宣，几乎不曾提及。我在新的城市开始生活、工作，生养孩子。我日渐懂得母亲曾经为我所做的一切，并能体会到每次与母亲分别时各自的眼泪与不舍。

又或许，我们真的都已经老了。印象最为深刻的一次，在武汉机场，她执意要去送我。进入登机口，因为安检，行李箱有一个液体产品超标，需要返回，我转身看到母亲还站在人群里。那一刻，我像个孩子，边向前走边泪流不止。就这样，在年复一年的时光交替中，与母亲，在一次次的送别中，看到彼此的老去和各自历经人世动荡后的内心迂回，它提醒着我们曾经的陪伴，及走过了艰难困顿后彼此的懂得与关爱。

只是，我与母亲心性难以融合，这使得我们在日后的岁月，可以相互陪伴，却无法彼此安慰。走过人生无常，我才明白，生命的脆弱与残酷让人如此无能为力。记忆里的眼泪和微笑又格外多了一些澄净与清明，它们是从心底毫无保留地涌出的真实情感，让我得到洗礼，积蓄新的力量，始终有勇气前行。

在北京，母亲常说的话是，你应该有个孩子，这样老了也算有个亲人，我就放心了。母亲的担心自有她的道理，而我不知道孩子将带给我怎样的惊喜与希望。直至又一年秋天，我的孩子出生，来到这个陌生复杂的世间。我在产房，转头看那个刚从母体脱落的生命，头上还有血迹，面色通红，眼睛微闭，我平静地看着他，房间里灯光四射，我身体虚弱无力，内心平静。

一个月后，孩子满月，冬天一个阳光温热的午后，我给母亲稍作打扮，她怀里抱着孩子，坐在公园木椅上。我给他们拍照。那一刻，镜头后的我不知为何热泪盈眶。母亲逐渐老去，而我经历了如此漫长的生活变迁、辗转迂回后，开始学会担当和全盘接纳，身边一直有母亲在陪伴。

有了孩子后的我，才能理解和感受母亲为我所做的一切，也更加懂得爱和尊重我的母亲。而这一切都源自我内心的豁达与理解。它是时间给予的礼物，也是成长与经历带来的恩赐。

2014 年 9 月，母亲做腰椎手术，弟弟已经有能力找好的医院最好的骨科医生为她治疗，这是父亲最为欣慰的事情。母亲可以安心手术，她多少有些害怕，事后才告诉我，手术前一天晚上整夜未眠。第二天早上八点进手术室，十二点多出来，我和弟弟守在手术室门口，手术后的母亲面色苍白，虚弱无力，我看着她，眼睛几度模糊。

我那一生坚强、勤俭、隐忍的母亲，因为手术前医生告诉她八百多元一针的止痛药需自费，她嫌贵，说不用。手术后等待她的是身体的剧烈疼痛，让她彻夜难眠。那个晚上我也似睡非睡，不知道那算不算是母子连心。天未亮就起床，给她电话，问身体怎样？她的声音非常虚弱，说疼痛在慢慢减轻。

在这期间，母亲有儿女陪伴、亲人看望、丈夫照顾，算是完美。人老后的福报大抵如此：儿女已长大，同时也更加懂得理解、爱和温暖的重要性。这一年，母亲五十九岁。衰老就在眼前。

而我依旧无法习惯与母亲靠近、拥抱，我所能做到的是尽量满足她的需求，一如在手术期间，我照顾她，待她似孩子，不希望她做任何事情。一如她曾经待我那般。

2015年春，母亲去深圳，我让她去港大医院做复查，并顺做睡眠呼吸检查，但她怎么也不愿意去，我在电话里勉力劝说，直至发出难以抑制的哽咽，最终她才决定去做检查。

这一年的春天，我在北京，人近中年，关于母亲的深刻记忆片段，模糊或清晰，萦绕脑海。回忆真切时，内心的波动难以言表。一个午后，我决定，尝试记录些什么。于是，它们化作几页纸、些许字。以此来纪念我与母亲一起走过的旧时光。

这是我第一次写母亲，我能想到的最好的解释，大抵是因为我看到时光即将远逝，而在生命成长的节点里留下的记忆，已融入血液，成为身体的一部分，即便时光流转、沧海桑田。

三十多年后，我开始回忆父亲

我们经历着不同的人生，感受着不同生命各自的独特体悟。

如果说家庭是一生的梦乡，父亲无疑是我心底那个最温暖、最牵挂的梦。我和父亲应该同属有乡愁的人。他在湖北下属的一个平原，完成前半生的辛苦劳作与原始积累。之后移居小城继续为家人生存打拼，一个中年男人所遭遇的困境、艰难及世事尴尬，亦耗费了他大量的精力，最终伴随儿女长大。他年过半百，定居武汉。

这期间，父亲从一个城市到另一个城市，骨子里的不安分、对故乡的思念，后来遗传给了我。只是我比他走得更远，更孤独。

当我在三十多年后重新审视自己与他的关系，发现我们在彼此缺席的年月，始终保持含蓄与懂得。这些是在我步入婚姻后从他与我的送别中体会到的。一次在小城他送我，一次在北京夜色中我送他。我渐渐懂得了一个逐渐老去的男人赋予眼泪的意义，及他对逐渐成熟的长女的挂念。

年少时，我们曾经有过很长一段时间的书信来往，大多谈家境及自己的状态，是当时我们最为频繁、亲密的交流形式，但某种程度也包含他对我的关心及我对他的依赖。有一次他回家看我，第二天特意去学校与我告别，留下足够的生活费，转身离开，赶早班车。我拿着零花钱直接塞进书包，对于他给了我多少钱并无特别的兴趣。现在回想起那时的举动，只是觉得难过。整个校园的人都在操场上集体做广播体操，唯有我独坐教室，被无限的伤感笼罩。我得承认自己在童年及年少时对他的依恋，渴望他时常回家，后来习惯一年一两次的见面，再后来慢慢学会坚强，懂得离别。

2006 年 10 月的一天，小城殡仪馆，我用尽仅剩的力气，想冲进去看离世的至亲最后一眼。父亲竭力拦我，怕我太过悲伤，不让进去。我站在他身边，泪流不止。只听得他说："我的孩子在童年时就孤独，现在又开始孤独了。"那一刻，父女连心。我们被生离死别和无常带来的悲怆袭击，各自内心的伤痛与恐惧不言而喻。

那一刻，我开始明白，父亲对我的爱始终埋藏于内心深处。父亲可以疼惜、安慰我，但他身心的疼痛，无人能理会。之后的第三天，父亲和众多亲人送我离开，我在朋友的陪同下回到深圳。我看到父亲在站台，用鼓励的眼神及红润的眼眶和我告别，我第一次清晰地透过玻璃看到父亲那张老去的面孔，一夜之间，他憔悴了很多。

之后不到两年的时间，父亲离开小城，去往深圳和我一起居住。这时，父亲已经年过半百，多少的不适和孤独，恐怕只有他的内心最清楚。我们父女之间依旧没有很多语言交流，在现实生活的打压与撞击下，都多了沉默及对现实的无奈。好在，我们始终对生活充满丰沛的情感，愿意为之付出努力。我们用各自的方式与生活、与命运、与彼此的内心世界做有效的抵抗与妥协、挣扎与和解，在一起的时光疾速且短暂。最轻松的片刻是早上我们一起在广场上打羽毛球，如同年少时他在乡下门前的土地上陪我一起打球，时光一晃就是三十年，而记忆却始终鲜活。

在深圳，是我们在分别了近二十年后的又一次长久相聚。大概不到五年的时间，我离开深圳去往北京，父亲在深圳又居住了不到一年的时间，回武汉。我们再次分开。

这期间父亲来过一次北京。几天的时间，我带他去故宫、长城、后海、水立方游玩。我和他合影，也给他拍照。透过镜头，我看到父亲身材依旧高大，脸上少了几分严肃，多了慈祥，有明显老去的痕迹。一周后，在北京火车站入站口分别，我在灰黄的灯火下，看到父亲眼睛湿润，没有过多停留，转身便消失在人流中。他步伐矫健，不回头，一如童年时他与我分别时那样干脆。

唯一不同的是，童年时，他离开，我会难过；如今，他已老去，或许是对我有了新的担心，离开时，父亲留下的眼泪，也让我更加懂得如何更好、更坚强地活下去。

记忆中的父亲，为人始终热情，见到熟悉的人总是主动打招呼，而我生性害羞，耻于与人说话，这也成为我性格里的缺陷。他给了我好的品格与健全的心智，让我健康成长。即便在中年遭遇谋生的艰难、困顿及世事尴尬，父亲依然尽力满足我的要求。重要的是，他让我明白，自己想要的总能得到，得不到的未必合适。

这样的成长背景也在日后影响到我的价值观及对待婚姻的态度。在这个物欲横流的社会，在婚姻方面，我从不考虑物质条件，无视它的存在，因为对于我来说，缘分、相互的扶持，盖过很多其他外在条件。这多少有点不现实，但至少能让自己活得简单，让爱来得更纯粹。

所有一切，都是我独立判断后做出的选择，这让我承担了命运带来的诸多考验与磨砺。而恰恰就是这些，使我不得不以稚嫩的肩膀，过早肩负起沉重的人生体验。

离开父亲的呵护，走入社会，我的人生开始如同温室的花朵移植户外，接受风吹雨淋，也吸收土壤、露珠带来的滋养，这让我在这个世界更勇敢、温柔地存活下去。

而父亲就是那个在人生机缘中，给予我依恋的人。岁月如梭，如今，我们经历着不同的人生，感受着不同生命各自的独特体悟。

此刻，我人在北京，傍晚的阳光开始斜射。而父亲远在武汉，已是六十多岁高龄的老人。他在我心中的形象始终温善、宽厚，他完全有理由获得晚年的安详与满足。我们依旧寡言，聚少离多，他偶尔会发短信给我，大多问我及孩子的状况，他对我的孩子似乎抱有很多希望，只有我内心明白，他是多么渴望我得到世俗里的安稳，平凡度日，开心生活。

写完这些文字，眼前清晰浮现出这么多年和父亲相伴的情境，及他在我的成长里给予的无私、含蓄、节制的爱。我们在不同生活维度里无声地维系着彼此间的懂得。

三十多年后，我开始重新审视自己与父亲的关系，发现他对我的影响及血脉里遗传给我的基因已经成为我生命中很重要的部分。父亲于我而言，依旧是那个具备强大精神力量的人。

祖父，一个我生命中未曾缺席的角色

没有祖辈陪伴的童年，是有遗憾的。他百分百饱满的爱，会给你的人生打上亮丽的底色。

祖父在生命最后的两年，非常清静、孤独。由于年岁已高，很多时候，脑子里的记忆开始变得模糊不清。无法亲自做饭，只是一个人在房子周围走动，不能离家太远，担心会迷路。父亲为生计奔波，是母亲来回两地，照顾了祖父最后两年。

我最后一次见他清醒的样子是在 2003 年的秋天。那时，他还能独自料理日常起居，只是变得更沉默寡言，时常一个人坐在房间或者屋外门口发呆，无所事事。我回家，一般不会外出，大多时候坐在他身边，只是陪伴，哪怕一句话都不说，还是能感觉得到他的开心。我每次回家停留时间都很短，只为看望他一眼。那时候的祖父，早已习惯子孙几个热热闹闹回，欢欢喜喜走。即便有所挂念，亦不会再表达出来。一个老人对于孤独的承担，不是我这个长孙女所能体会到的。

我从童年到少年，一直在他身边，看着他从守着热热闹闹的一家人变成最终独自一人面对生活。这期间，他经历祖母离世，父亲去往另外一个城市生活，最疼爱的孙子——我的弟弟也离开他，随父母居住。我是最后一个离开他身边的亲人，那一年，我不满十三岁。

我是他的长孙女。童年，他给予了我很多美好的陪伴，我的性格亦在他潜移默化的教育中得以定型。这些在我日后的生活中，有如三角支架，形成了我稳定的品格。比如他生性安静，喜欢读书，直到年老依旧坚持写毛笔字。每年年底，他的世界甚是热闹，各村、镇上家家户户的对联，都是他自己创作、书写的，毫无报酬。他写完后满心欢喜，老人的心像极了孩童，懂得付出，不计较。

那也是他一生以此为乐的兴趣。他是民国早期的私塾先生，六十年代初，因为身体的原因，自愿提前退休。记忆中，他的休闲时光大部分都是在读书和写毛笔字中度过的。后来，祖母去世，他开始学做饭。那一年，他已到了七十古来稀的年纪。我刚满八岁。

他学做饭的阶段，经常不是少油，就是多盐，偶尔还有饭菜半生不熟的状况。但我已经长大，懂得了他的付出与不易，大概忍受了很长一段时间。后来，慢慢地，他也开始学会做一些荤菜或复杂的菜系。我们祖孙二人的生活，朴素，简单。

在此期间，我深切感受到了祖父的和蔼与慈爱，看到了一位老人的艰辛与孤独。祖父是中国一些传统男性的缩影，长时间处于被照顾的境遇，到最后剩下一个人时，被迫重新开始，学会照顾自己。

这些也让我看到了祖父内心的柔软与坚强。那时候，我还在他身边读书，我们彼此为伴，相互照应。他是固执的，不愿意离开故土。在他看来，一个人应该留守故乡生活，直至孤老而终，埋葬于故土。

因此，祖父一生未曾远离过家门，就算自己亲生女儿家，他也是当天去当天回。只愿意在一个地方生活，即便孤独，再多艰难，亦要按照自己的方式，任性地活。他甚至很长一段时间，不理解父亲为什么背井离乡，去往另外一个城市开始新的生活。后来，因为他的孙辈们有了更好的成长环境与教育，他才开始慢慢理解父亲为我们所做出的努力。即使如此，他依旧不愿意去城里生活。

性格里的倔强与固执，也曾让他饱受孤独及后期的病痛之苦，直到他离开这个世界。我曾经试图问他，为何要如此固执、为难自己？但事实上，我们在一起的时间，大多都是沉默，很多话到嘴边，最终咽下。后来，我慢慢明白一位老人的内心，还是尽量让他独享。外界再多的干扰和疑问，都是多余。

祖父一生寡言，生性孤独，喜欢养猫和种花。每年的夏天，栀子花、鸡冠花……门前的花朵争相开放，我们一起给花浇水，坐在屋外乘凉，看夜空星光闪耀，月色如水，田野郊外，蛙叫，蛐鸣，夜风和煦。乡野里的自然美与宁静无邪，属于童年，属于我和祖父在一起的时光，是那样美好、纯净。

记忆中的童年，似乎别人家总是热闹的，只有我和祖父两个人，安静无声，我们彼此陪伴，即便未曾有多少言语，却觉得温馨。

毕竟，那是我与祖父相互陪伴的时光，所有有关童年的美妙记忆，给予了我充沛的喜乐。亦未曾因为时光日渐消失，反而像电影拉开帷幕，映照我的成长。

带着这些成长的痕迹、祖父给予的丰沛情感，我从一个地方，走到另一个地方，未曾停歇。承担，坚韧，没有太多世事纷杂，虽然曾历经悲苦，但心中始终未曾失去爱和温暖。所有这些，使我更加懂得惜福和感恩。

而往事难如烟，一切宛如昨昔。祖父离世那一年，我已经长大成人，有了照顾自己的能力，并开始获得暂时的时间和金钱上的自由。我知道了人应该不断努力，让自己获得更加美好的未来。对生活前路始终有所期待，付出与收获的痕迹清晰可见。我看到自己的人生轨迹，不断发生明显的变化。

又一年，我在北京一所高校，进修新闻学专业，每天从早到晚被课程排满。日子充实，也就是在此期间，接到母亲的电话，她告诉我祖父随时都有可能离开人世。我未加考虑就赶回家。祖父见到我后的第三天，离世。

那是我最后一次见到祖父，因为病痛折磨，他身体已经干枯，面部清瘦，我只能坐在他的身边，看着一切，是那样无能为力。

一个老人的一生，就此结束。他落下最后一口气，是在 2005 年 10 月 3 日。

祖父的传统葬礼很热闹。他的子女孙辈从各个不同的地方赶回来。他离世的第二天中午，我和小姑坐在他的遗体旁。不知为何，那一瞬间，悲从心涌，泪流不止。

一位朋友说："没有祖辈陪伴的童年，是有遗憾的。世界上最爱你的人似乎不是父母，父母对孩子因为怀有太高期待，反而免不了无心伤害。而祖辈给你的，通常才是无条件、无缘无故的百分百饱满的爱。这种爱，会给你的人生打上亮丽的底色。"

所以我一直觉得自己是幸运的。我最纯真的童年时期是和祖父一起度过的，他给予了我平和的性格、不争的品格、纯简的生活方式。我带着这些底色，越走越远，不断获得新的成长与洗礼。这些底色让我学会了坚强，习惯了独自面对波澜起伏的生活。

我们之间没有太多语言交流，但祖父对我的关爱和照顾，让我真正懂得"爱永不止息"。生命终将会结束，我对祖父的敬仰与爱戴将永远不会停息。

祖父的葬礼之后，我回北京继续学习，父母也回到城里。我们各自带走了祖父的一些遗物——一张余额不多的退休金本，一只旧式皮箱，若干古老书籍。我选择了其中几本，带到北京，后来带回深圳。

离开的那个早上，我们全家人要经过一条河，河水早已没有童年时的清澈，树木因为秋天的到来开始枯萎。很多陌生而熟悉的身影从我身边走过，父亲和他们一一打招呼，而我只是沉默，心有惆怅。

我童年生活的故乡，亦因为祖父的离世，成为真正意义上的记忆，那是一个再也回不去的远方。

有一个地方，是再也回不去的故乡

故乡给予我的自然与纯朴、爱与坚强、天真与沉静，已化为成长的养分。

二十多年前，我离开一条河。站在船上，河水清澈，映照出人的倒影。船上熟悉又陌生的面孔，流露出热情、淳朴的气息。炊烟袅袅，山水透、净，空气清、荡，那是我童年长久生活的村庄，湖北的一个平原。

童年的底色，故乡的宁静与朴实，我带着这些，顺着河流，不停漂流，从南到北，辗转移动，故乡构成记忆的源头。

“故乡是永远也回不去的地方。”杜拉斯这句话，早期读到它，并没有多少感同身受。直到有一天，我在一个又一个城市辗转生活后，才清晰感受到骨子里流淌着故乡的血液，它在日后对我的成长产生了深远而重要的影响。

家族里，祖父成为最后一代在那里生活的人。他离世那一年，我已定居深圳。参加完他的葬礼后，我离开。拍了很多故乡的照片。土地、房子、树木、花朵、河流……一切都变得萧条、杂乱，物是人非。

村庄里的人们相继离开，去往新的地方生活，而故乡变得萧索，荒芜感一一呈现在眼前。

祖父已无法再见，如同故乡。离开的那个早上，经过一条河，我站在河边，父母和弟弟与村庄里的人打招呼，他们始终热情且有充沛的情意。而我因为祖父离世，不知何时再回故乡，内心怅惘，思绪万千。

之后几年，恐怕连祖父亦无法想象那个从小被他疼爱、照顾的长孙女，所经历的坎坷无常及如何从一个城市移到另一城市，成为一个内心漂泊无根的人。一如此刻，人在北京，即便几处有家，依旧不知家在何处。

鲁迅先生曾说过，北方固不是他的故乡，南下却又只能是一个客子。恍惚间似乎能深刻体会其中滋味。它又使我想到，“所恋在哪里，哪里便是故乡”。倘若如此，我的心应该感到温暖、释然。毕竟，我对后来移居的城市多少产生了特殊的情感。

再次回到故乡，又是一个十年后。2015年10月，我从北京到武汉，最后辗转至故土，只为看祖父的墓地一眼。下车后步行到墓地，杂草荒芜，芦苇丛生，将人完全淹没。我怀里抱有小朋友，每一步都走得非常艰难。父亲和弟弟过去，我们站在远处看了一眼，便离开。走到村口，田地荒芜、干枯，大片楼房将土地空间变得狭窄，树木干枝无序伸展。河边，绿草浮生密布，四周房屋破败，昔日的记忆荡然无存。童年时和祖父居住的房子，屋檐裂缝明晰，墙面斑驳，窗口锈迹斑斑，门前大片野草丛生，父亲本想进屋看一眼，终而无法实现，只能选择离开。

故乡真是一个再也无法回去的地方。房子被永远锁闭的大门隔离，从父亲脸上，我看到了他的无奈、伤怀，内心对故乡的情怀恐怕只有他自己最清楚。

父亲在故乡生活了足足三十年，后来离开，去了小城。我居住了十多年也离开了，各自对故乡的情怀多少都会有所不同。而我们终究不会问彼此内心的感受，都是沉默的人。

小朋友对一切都充满好奇，不停地问，这是谁的家。我告诉他，是妈妈小时候居住的地方。我终究无法跟他说太多。他现在还小，显然不明白自己的母亲是如何带着童年的底色辗转在一个又一个地方，性格里对自然和土地的亲近，是如何影响日后生活中的种种不易与坚守，又如何带着这样的记忆看到岁月走远，万物生生不息。

故乡给予我的初心，存留的真实与纯朴，伴随人世苍茫、浮沉过往，不断考验人的意志与秉性。同样，也因为在故乡生活养成的习性，使得日后的我能抵御一切无常意外、艰难变迁。这些生命中最坚固的组成元素，构建了我成长的根基，使得生命日渐丰盈与笃定。一步一步行走，没有了我执，但心有方向。这些都是故乡给予我的。

离开故乡的那个中午，经过村口时，我看到一位熟悉的老人在清洗衣物，满脸皱纹如同沟壑，一脸的衰老与沧桑。我主动和她打招呼，她年岁已高，记忆不再，显然无法对眼前的人做出判断。而曾经，她是那样健朗，声音高亢，好像每天都精力充沛。如今老伴离世，儿子去了城里，她独自生活在一所小房子里，和时光一同老去。

是的，村庄里只剩下老人，几近荒芜。昔日的炊烟缭绕、鸟语花香、河水荡漾，早已不复存在。儿时的村庄，确凿无疑地正在成为一个逐渐消失的地方。这个我年少时生活过的地方，早已物非物，人非人。

而我，已在走过万水千山，历经人世诸多变幻、跌宕后，心已趋向平静。至于故乡，所有的美好，在时光的隧道里，只能去缅怀。

生养我的故土，滋养了我的生命，伴我走过了艰难、孤独、苦乐与无常。它使我在面对万物变迁、人世辗转时，始终有力量和精神支撑行走。如同水流的源头，生生不息。

离开故乡后的第三天，我回到北京，清理照片，看到一张黑白照片，一条用石头铺筑的宽广马路，两边有稻田和大片丛林荒野。那一刻，我仿佛又回到故乡的土地，听风声四起、树叶沙沙作响，天地广阔，葱郁寂寥。

我就是从那条路上走了出来，最终从南到北，一路辗转。一个又一个十年过去，岁月已将面孔改变，而我亲历了世事无常，且还需要在这个纷杂人世，完成一些事，接受新的冲洗与淬炼。

故乡已成记忆，再也回不去了。而它给予我的纯朴、坚强、天真与沉静，已化为成长的养分。一切唯有感恩。

爬一座婚姻的山头

我爱你，与你无关

安全感来自内心的安定

你自己都没了灵魂，还谈什么灵魂伴侣

爱不是燃烧，是陪伴

婚姻里，可以亲密，不要无间

在婚姻关系里也不能停止成长

智慧的活法

亲密关系里，爱是互动的源泉。人都是在自我教育的过程中不断成长。

陈春林供图

我爱你，与你无关

如果可以，对于你缺失的情感抑或物质，不要以“爱”的名义在他人身上索取。

我偶尔会见到一些女性，她们总是会将时间和精力用于纠结一些无趣也难以得到真实答案的问题上。比如，为什么总是等不到电话，为什么总是要我先主动，为什么他总是不把心放在跟他说的事上，他到底爱不爱我，他为什么总是以忙为借口……诸如此类。总之，问题很多，并放在心里反复怀疑、纠缠，挣扎、焦虑甚至情绪化，失去理智。

在爱里，若总是质疑，问题太多，那么出现问题的可能是你，而非对方。就好比一些女性，外表富有，内心缺乏安全感，暴露出的是感情的脆弱、思维的禁锢及盲从的欲望。她们既希望对方拥有他自己的事业，亦渴望对方像爱事业一样来爱她们，为她们废寝忘食、夙兴夜寐。这种希望一旦堆积过多，就会成为一种变相的索取，暴露出一个人的自私。

宁愿将大把的时间放在猜测和追问对方是否爱自己，抑或是否会一直这样爱自己，把对方的私密问题比关心自己的事情都看得重要，这多少会让对方失去基本的自由与尊严。总是试图去打探、猜测甚至渴望得到答案的证明，最后却适得其反。而此刻的自己，也好似一块豆腐沾上尘土，拍不得，亦吹不起。

一次有人对我说，对方给予她的是一份责任，他给过很多朋友的感情才叫爱。于是像有个结交织、纠缠在心里，觉得这种情感已非真爱，但又不甘放弃。彼此心照不宣地生活。只是不知她是否曾想过，很多时候，责任也是一种爱。

好的情爱，在相互理解与包容、信任和尊重的日子里会慢慢融化成亲情。对方给予朋友的爱应称其为博爱，这是一个人的秉性和特质，不应该将其与自己的婚姻抑或爱情来进行比较。一旦有了比较，就应该反省自己是否质疑和要求太多，抑或已经在慢慢丢失一个女人应有的母性与温柔。

现实终究不如理想那般简单和浪漫，偶尔的花前月下终归是一种易逝的幸福，更多时候微笑对视和平淡交心就已经足够。彼此互爱的爱情和婚姻，最终都会归于相互扶持及彼此懂得的平凡与甘愿。如果可以，它应该是一种信仰，照亮各自的心灵成长。一如奥修所言：“真爱，不是去满足对方不真切的自我需求，而是提供灵魂真正的滋养。”除此之外，其他全应该排除。

毕竟，“爱一个人很容易，爱上对方之后并为他做些什么才是最重要的。”这是一句电影的台词，多少道出了爱的无私与给予的重要性。

也就是说，爱，一旦将需索和要求变成常态和理所当然，那将是一件很无趣、很危险的事情。

一幅好的画，需要留有空白才有回味和思量的余地。正所谓凡事太过，缘分势必早尽；月满则亏，水满则溢。同样，在爱的感情里，留给彼此一定空间很有必要："任何事留有余地保持后退是内藏和客观的表现。爱一个人七分即可，适当留给对方独立空间，是自爱，也是懂得节制和有气象的一种。还要学会成全，良善是基础。"

庭院里那一朵清淡、饱满的栀子花定比墙角边凋萎的芍药更让人赏心悦目，谁看着都觉得清新，毫无侵犯性。谁说，爱一定要全盘据为己有？在特定的时间和空间里发生的爱，如同内心一束光亮，照亮彼此的前路即可。其次，在感恩与珍惜中，让双方都得到滋养。

如果你们真正相爱，那么你们更多应该是精神上的契合。不需要太多需索、质疑、顾虑，能彼此说出各自的需要、深藏于内心的历史和记忆，可以秉烛夜谈、结伴散步、相约共游。你知道，他不是你手里的棋子和物件，你要懂得随时放手和给予自由。

人的心性一旦变得复杂、多样，要么对待情感的方式过于敷衍，不够真实；要么是因为自己的私欲和不够节制，终究会被挑剔，不懂臣服和感恩，最终被抛弃，让感情葬送。

爱的终极是，纯粹，质朴，洁净，能彼此照亮。爱并非有所企图的工具和武器，以此来满足自己，获得虚荣。"即使我爱你，沉默得像个影子，那也与你无关。"所以，某种程度上，爱，只是一个人的事。

我爱你，与你无关。如果可以，对于你缺失的情感抑或物质，不要以“爱”的名义在他人身上索取。变相索取也就意味着你的不够纯粹。要知道有缺失和不安全感是人之常态，人要悲悯，学会成全彼此。

我爱你，与你无关，亦无所求，是情感更是灵魂需求。

安全感来自内心的安定

他人给予你的安全感始终都是短暂的，最终还是需要靠自己，做一个脊梁挺直、安静、豁达的人。

那一年，她不到二十八岁，已经拥有三家化妆品连锁店。稳定的婚姻，殷实的家境，加上自己有好的身材和容貌及行业里的知名度，使得她曾是一些人羡慕和仰视的人物。她喜欢热闹，害怕独处，在管好企业的同时，其余时间都光鲜貌美地出现在公共场合，交际是她最擅长的生活方式。

年轻的资本和已得的荣耀，加上小小的虚荣，她蒙生活恩赐，一切似乎都如鱼得水，春风荡漾。这样的顺利也不知不觉地滋长了她的傲慢自大。她永远都是那样，一张标志性的笑脸，有如横扫天下一样的气势，那么不可一世。

用她婆婆的话说，老人在年轻打拼事业时，受过很多痛苦、歧视和委屈，不希望自己儿子和媳妇将来的生活有任何将就与憋屈，老人创造一切好的条件，好给他们足够的尊严。确实如此，她管理自己的连锁店，她的伴侣负责更好地玩乐和享受生活，父母是有力的资金供给人和人际资源分配者。

大概是一个夏天的傍晚，和她在一家餐厅吃饭，餐厅处于繁华的商业街，外面喧哗，里面极其安静。记得那个傍晚，她滔滔不绝，大多聊她自己的事情，我大部分时间都在聆听，她似乎太需要一个倾诉的对象，我在那个时候，成了她情绪的宣泄口。

印象最为深刻的一句话就是，“你知道吗？我担心有一天会破产，一无所有。”她说这话的时候，我们站在喧哗的十字路口，四周车来人往，川流不息。我一时间竟不知道如何回答她。

晚餐后，我们拥抱告别，看着她的背影在我视线中逐渐模糊，我才慢慢离开原地。那一刻，我因为她的谈话思绪万千。生活真是一袭华丽的绸缎，表面光滑如丝、光鲜亮丽，但实际上，又是多么脆弱，经不起任何刮、磨、撕、扯。我们似乎必须保持高度的紧张与竭力的维护，才能使生命那一袭华丽的绸缎完好无缺，不致破损毁坏。

这是生活本该具有的面目和真相吗？倘若不是，那我为什么能明显从她的言谈中，感受到她说那些话时内心的惶恐与不安呢？

“你不会失去一切的，你始终都有家人和朋友在身边，现在不都是好好的吗？”我在回家的路上还是给她发了这条短信。现在回头想，这句话是多么无力和空洞。

我现在之所以还能记得一切，大抵是因为她在拥有世俗里的财富、物质和家庭给予的爱和满足时，内心依旧充满不安和惶恐。她甚至很长一段时间内，靠药丸和各种营养素，逼迫自己有好的睡眠，并保持身体与精神上的充沛与活力。

之后，大概不到五年的时间，生活的变迁和打击让她心力交瘁。先是事业受挫，接着是伴侣背叛，而自己又在不自知的情况下怀上孩子。生活在纠缠、争吵、挣扎、权衡中度过，足足一年半的时间。

再后来，她用了三年时间调整自己的生活，争取到房子、车子作为离婚的补偿。为了生养孩子，她卖掉房子。开始新的生活，将自己先前结交的人脉利用起来，转型做了一个陌生的行业——城市基建，并且开始有了信仰。

就这样，时间如瓜藤攀爬生长。再次见到她，已年过四十，我能明显感受到生活的磨砺在她脸上留下了苍老的痕迹，好在她的内心已变得非常平和、安定。没有了物质和财富带来的不安与牵绊，在失去后，人反而变得越发豁达，不再纠结。

她说："生活已经没有什么可以让我失去的了，因为最坏的局面已经过去。"

我说："是不是还与你后来选择某种信仰有关？"

她说："不仅仅是。人拥有一切的时候，由于欲望产生的心魔，总是想抓得死死的，并且还希望能抓住更多的东西。其实那时候，内心是最没安全感的，因为害怕失去。直到有一天，手里抓住的如同沙漏一点点遗失。那时候你才恍然大悟，一切得失，很多时候人为太难控制。而我们总是天真地以为，事事都能被自己掌控。"

“是的，很多时候，得之我幸，失之我命。人生就这样，三十年河东，三十年河西，谁的生活又是可以一竿子撑到头呢？”当我说这句话的时候，我们四目相视，微微发笑。看得出，她的笑容已经有了几分豁达、淡定的气息，传递出的语气亦更加温润、柔和，少了迷茫，多了笃定。

她又说：“人很多时候，不应该带有太多对自己和他人的期待去生活，一旦有了期待，就会要求更多，同时逼迫自己和他人，很容易两败俱伤。我曾经是那么急迫地想向家人和外界证明自己的存在和价值，甚至将他们当成我的救命稻草，后来事实证明自己的判断和认知显然超出自己所能担当的范围。”

“因为我的过度需索和控制欲，总有强烈的不安全感。工作占据生活大部分时间，我以为自己是金刚无敌神。”她在说完这句话后，昔日的无奈已经换来了今天的“原来如此”，困惑通过时间得到破解。

谈到这里，我想很多人应该和我一样，从她的言语中感受到，在生活的浪潮中，最大的矛盾就是，你只有在经历或大或小的波折与磨砺后，似乎才能真正开始放开手脚去生活，关注工作之外的微小人事、自然、万物，并且能做到更加从容，心也变得更加柔软，从而获得真正意义上的生活，并且在这样的过程中，感受生命万物带来的神性。

因为你打破了原有的僵局和规矩，重新体验生活，不带枷锁和镣铐，并能承受业力所带来的因果。因此你感受到了时光、爱和宽恕，珍惜存在的意义，亦不再追求所谓的安全感了。

当一个人卸下镣铐，开始自由舞蹈，没有了恐惧，生命在任何时段都仿佛是一只南归的候鸟，自由飞翔，并且可以无所畏惧地对待万物。你没有了执著和迷惑，不再总是希望依靠他人来给予自己力量与信心，安全感大抵就是这样一步步建立起来的。

它来自内心的安定，是可以通过不停调整，得以稳固的。他人给予你的安全感始终都是短暂的，最终还是需要靠自己，做一个脊梁挺直、安静、豁达的人。

一个内心充满安全感的人，他不需要太多的炫耀和显摆，亦不需要通过他人的言语或行为来肯定自己的存在。因为他本身内在强大的气场，或者笃定的气质，会传递出来这样的信息，在适当的时间完成内心所愿，至于完不成的，那不属于自身能力和福报所能承载的范围，接受就好，如此，就没有了执迷。

这些经验全然来自你是否懂得平衡内心。一个人越是往外求，就越会害怕失去所谓的“安全感”。当某一天，你学会了随遇而安，学会了接受人生本无常的事实，并相信命运自身有它的发展规律，且自己没有那么大的能耐去改变一切时，也就不会没有所谓的“安全感”了。

你自己都没了灵魂，还谈什么灵魂伴侣

灵魂伴侣的存在意义是，共同完成漫长一生的修行。

有人跟我说，她终于找到了自己的灵魂伴侣。我说，你怎么确定对方是你的灵魂伴侣？

她说："我们在一起可以交流，温暖彼此。因为在原生态家庭的成长过程中缺乏关爱、孤单，使得我总是想以爱情的方式寻找爱，并渴望得到。"

说到这里的时候，我心里多少有点确定她所谓的灵魂伴侣，大抵是她的一厢情愿，或者只是将当下的一个流行标签附在自己的情感上。

我们所谈论的灵魂伴侣，某种程度上应该是在精神上得到自足、灵魂能产生共鸣的伴侣。灵魂伴侣是精神和物质都能独立的伴侣，而非消耗、磨损彼此的人。他们可以相互疼惜，亦可以相互扶持、温暖，喜乐同步。他们是能共同承担苦难亦可以分享甜蜜、不离不弃、共同寻找生命真相的旅伴。也就是说，一个人内在越成熟，自我认识越彻底，人格情绪越稳定，越有可能更好地完成灵魂伴侣的角色构建。

客观点说，一个不自爱的人，是无法更好地爱他人的；或者，一个无法给予自己幸福和自由的人，又如何能给予他人自由与幸福呢？灵魂伴侣，彼此给予灵性关照，满足身、心的愉悦与自由。灵魂伴侣的存在意义，是共同完成漫长一生的修行。

在这样的过程中，若存在索爱、贪欲、无止境祈求对方关注，总是希望他人来承担自己的痛苦……都无法构建完美灵魂伴侣关系模式。

毕竟，灵魂的觉醒是一个漫长、需要深入学习和修行的过程。如此，才有可能幸运地遇见灵魂伴侣。

事实上，现实生活中很多人，连自己的灵魂都没找到，又如何去谈遇见灵魂伴侣呢？最典型的是，有时候，他还没学会自爱，就开始对一段关系产生期待和向往，甚至渴求。要知道，这样的想法，一旦冒出，就注定是错误的。其实大多数人，终其一生都未曾活出独特、个性的自我。其灵魂处于封锁、沉睡的境地，而自我又未真正学会疼惜与爱。如此，又如何能体会灵魂伴侣所能给予的触动呢？真正的灵魂伴侣，均内心强大，能结伴同行，共同完成人生的修行。

我们假设灵魂伴侣是所有关系中最高层的一种关系。那一定是摒弃了为了乞爱而寻爱、为了凑合而将就、为了寂寞而屈就、为了得到而盲从的关系。

因为各自历经生活磨炼后的内心坚韧，灵魂伴侣是极其小众的一部分灵性层面已经达到一定境界的人。

既然极其小众，那么当一个人动不动就将“灵魂伴侣”挂在口上，大抵是自我情感认识和灵魂洞察力不够的表现。重要的是，灵魂伴侣不是找到的，而是等到的，是相互吸引来的。倘若一个人总是幻想，希望找到自己的灵魂伴侣，那么他无疑是要失望的。

毕竟，无条件的真爱，是需要在两个精神、人格都健全的生命中发生的。他是一个可以升华你人格魅力的人，亦可能是具备强大内在魅力的人，还可能是一个可以光照他人，给予、分享更多温暖和力量的人。他可以让爱回到单纯本真的位置，亦可以让心摆脱束缚，更为自由地成长。

而灵魂伴侣之所以成为灵魂伴侣，是因为彼此之间的关系并不仅仅停留于表面的肤浅，抑或短暂的联结，用托马斯·摩尔博士的话说，一个灵魂伴侣，就是一个我们感到自身与之深深联系在一起的人，好像彼此的沟通不是出于刻意的努力，而是凭借一种“神力”的指引。

灵魂伴侣中，维系根源显然来自爱，能彼此滋养。更多时候，两人只是陪伴，无关索取、期待、渴望、试图改变诸如此类种种要求。若硬要给灵魂伴侣扯上一点责任的话，那么他唯一的责任就是，更好地去完成陪伴与互助。让彼此在心灵层面得到更多的滋养和提升。

问题是，若你还没有探索过自己内心的成长，觉察灵性的变化，清醒地认识自己存在的问题，并能独自面对自我，解决矛盾，就尽量不要奢求去找到所谓的灵魂伴侣。

世界上有一种苦，叫得不到之苦。比如，在男女情感模式里，女人大多是想得到，她们的渴望是那样诚恳、真切，为了所谓的爱，甚至失去自我，这样的爱某种程度也是一种负担。当然你也可以说，不是每个人都配得到这样的深爱。

“如果我们不能了解自己对爱情的信念，洞悉灵魂的本质，观照内在，滋养我们灵性的光，真正认识自己，打破灵魂伴侣在世界一角等着我们去寻找的想法，一直让自己陷入寻找灵魂伴侣的迷思而饱受压力和失望，孤独残年必将是我们生命的最后写照。因为灵魂伴侣不是去找来的，而是吸引来的。”尼娜·拉里什·海德尔这样谈论灵魂伴侣，是不是能让你更加清晰地理解这种关系的本质了呢？

他还说：“你，可能终其一生都在有意无意地渴望那个伴侣。遇到他时，你会感觉到‘啊！就是他了’。你的心安顿下来了，你想跟他度过一生，携手到老。这，就是你的灵魂伴侣。”

爱不是燃烧，是陪伴

俗世里的情爱，往往是错觉一场。初识有多深情，离开就有多无情。

大概有段时间，一对年轻的未婚男女频繁在一个公共平台发恩爱的合照。一次，男士还引用了沈从文先生的话，“我看过很多地方的云，走过很多地方的桥，喝过很多地方的酒，但只爱过一个正当好年华的女子。”

引用这段话的时候，他们即将步入婚姻的殿堂。两个人的世界，你侬我侬，这是他们在众人面前表露出来的对待情爱的态度，外人显然不必怀疑那一刻他们的真情流露，但是你还是会无意间通过他们的眼神和肢体语言，看到延伸出的空洞与粗俗。有人说，因私欲产生的情感表达一旦太过于踊跃和频繁，未免不会成为一场灾难。

人生的戏剧性矛盾冲突往往也在这里，你怎样游戏情感，它就如何回应你。他们很快就结婚，在耗费大量金钱和精力操办了婚礼后，不到四个月，却以离婚收场。曾经在大众面前浑然忘我的恩爱，瞬间被投入冰窖，最后成为一对冤家，相互仇恨，甚至需要动用外力去调解彼此间的矛盾。

他们起初因爱慕相处，最终分道扬镳，怨怼是非不断，婚姻在他们身上体现出的只是闹剧和游戏一场。这是当下这个时代很多人对待婚姻的共同特征——浮躁，自私，不懂宽容，喜欢从自我角度去考虑问题，很少顾及他人感受，使得婚姻更像是夏天的一场暴风雨，来得快去得也快。

总觉得人是否爱另一个人，需要一个又一个十年，甚至用一辈子的时间去确认。可恰恰相反的是，现实生活中很多的人，喜欢以爱的名义，在丝毫没有了解对方的情况下，盲目开始一段情感或婚姻。

所以，我们看到太多的恋爱、婚姻，往往是错觉一场，导致后面纠缠不清，怨怼凉薄，是非难消。初识有多深情，离开就有多无情。

“爱是至善至诚的，爱的范围里，不能有丝毫私欲和渣滓。”卢莎公爵夫人这句关于爱的言论流传至今，依然有其生命力。它和焦谛卡禅师的“纯净的爱不会引起痛苦”所向往的美好不谋而合。

我曾经了解过一对中年夫妇从爱情走到婚姻的真相，单从面相看就非常般配。他们让爱得以圆满的途径，就是相互尊重，少有依赖，没有虚妄和占有，任何事情都是有商有量，懂得利他、付出，已经构建成非常稳固和平淡的婚姻模式。看似是一对爱人，实则更像朋友、亲人。他们相识时都并不富有，只因有爱。此后漫长的婚姻陪伴中，他们在嘘寒问暖、相互扶持中，善待彼此，共同成长，最终获得了俗世里较为完美的情感。

因为他们都已过中年，曾有过深入的了解，所以更加亲密，陪伴中，已无须更多言语。彼此间没有秘密，亦无逢场作戏；没有贪恋，只有两颗通透的心；没有伤害和痛苦，只有一世浪漫，琴瑟和谐；没有炫耀、夸张和怨怼，只有日渐情长。

在这段成熟、稳定的婚姻关系里，他们并没将情感加以利用，抑或当成满足自我的工具，只是让爱升华，获得更为深厚的关系，并见证彼此的成长，让现实的情爱更加圆满。所以，你看他们的婚姻，有浪漫，有仪式，亦有孩子的陪伴和柴米油盐。真正意义上，以爱的名义，见证了婚姻里的患难与共和欢喜荣耀。

不可否认，他们的生活里同样有争论和矛盾，只是他们更加懂得以理智、冷静的方式，去解决面临的各种现实问题，最终获得彼此的宽容。在一段和谐、丰盈的关系里，不明了的人看到的是幸运，明了的人想到的却是如何以智慧的方式对待婚姻。

向来觉得，人活到最后，带入轮回的除了业力、因果，还应该有情感记忆。而在人世间的情感里，爱与被爱，是我们终其一生都要去学习的功课。美好的爱向来使人积极、向上、优雅，是智慧的源泉，也算是福报的一种。而肤浅混乱的情爱游戏，从来都是龃龉不合、纷扰纠缠的。

以马内利修女说："每个人都期待按自己的方式被爱，每个人都希望另一半能够对自己的期待做出回应。因此，许多爱情关系不过是一些从自身出发并且回到自身的行动。"她的观点恰好应验了。

俗世情爱大多成为占有、依赖、炫耀的工具，最终彼此沦落成为各自怨恨和纠缠的对象。这些爱因为掺杂了这样那样的成分，难得纯净。

因为有虚妄和贪爱的成分，也无法感受到真爱的意义和深度。所以，茫茫人世中，我们才看到那么多的脆弱、极易破损的情感。因为错觉而产生的关系，习惯三心二意，终会无疾而终。

要知道，世间情爱，显然有爱还不够，还应该有对彼此深入的了解，要承担所有，包括对方的缺点。如果其中一方失衡或者产生各种幻觉，最终都难以让婚姻圆满。

所以，宗萨蒋扬钦哲仁波切说，我们被以爱做掩护的贪执缠上时，就堕入五里雾中，无法看清事实。如果我们观察到对方的缺点，而认为这个缺点是可以接受的，这种透过了解而产生的关系，将是未来稳定生活的力量，日后就不会因贪执、无法满足而痛苦了。

婚姻里，可以亲密，不要无间

任何一段关系都是研究自己，找到自己，最终遗忘自己的机会。

“在一段亲密关系里，彼此不应该相互依赖吗？还是本来就应该独立和坚强？很多时候，交流和关爱都成为一种奢侈。”她凌晨给我留言，说自己很难过，得不到对方的安慰。

寥寥数语，看似复杂实则简单的矛盾里，亲密关系变成了怨愤和质疑的对象。她主要的问题是婚姻里能不能依赖对方。记得一句话，大概意思是：如果说爱情是情感培植出的一朵花，那么婚姻应该是花朵凋谢后的果实。它可能不再如先前那般好看、绚丽，但果实展示的美，足够真实。

但凡亲密关系里出现质疑和抱怨，大抵是因为缺乏对爱的真实了解。最常见的是，我们会用偏见、质疑、误会、索求……诸如此类情绪将亲密关系里的爱摧残、扼杀。相比给予，我们似乎更难接受赐予，因为它的纯粹和高贵，让我们心生怀疑、恐惧。而爱恰恰需要我们全部接纳或放弃，容不下任何杂念和贪痴。

所以一个人若无法深刻了解内心的真正需求，做到心平气和，是不配得到真爱的。即便得到，也会因为这样那样的问题处理不当，出现焦虑、憎恨、悲愤、麻木和冷落，最后让彼此的关系逼入尴尬两难的境地。

亲密关系里，爱是互动的源泉，是温暖与扶持彼此的明灯。克里希那穆提说："唯有天真的头脑才了解爱是什么，天真的头脑能够活在这个不天真的世界中。人类不停地透过牺牲、崇拜、关系、性、各种欢愉与痛苦来寻找这件不寻常的东西，但是唯有思想了解它自己，并且自然地停下时，才有可能找得到。到那时爱才没有相反之物，爱才没有冲突。"

而现实亲密关系中的爱因为欲望、纠葛、诱惑及窥探太多，出现这样那样的矛盾和冲突，最终演变成闹剧一场……绝望与不信任由此产生。

最终，使得爱变得空洞，被冷漠、时间逐渐消耗，直至终老。人只有在内心完全宁静后才能试图了解，并接近更真实的爱——"没有要求，不再寻找，不再追逐，没有'我'为中心，探寻到无明。"如此，爱才能得以长久存在。

"爱不是占有，也不是被占有。"这句话同样也道出了爱的真相。占有和被占有若在一段关系里表现得太强，最终会没有了自己，从而亦让双方找不到内心，像迷失的羔羊寻不到回家的路。

试想，你若在亲密关系里觉得丰盈、自足、不惧怕，那么还会有疑问和怯弱吗?

因为你无从找到内在支撑，所以需要外界支撑，让自己的悲伤和绝望，无限扩大，以星星之火燎原之势，从心底燃烧到全身，最后炙烤到身边的人。不给对方任何呼吸的余地，会使本来好好的一段感情从有到淡直至全无。甚至，很多婚姻里的情感，到最后都名存实亡。

之所以会这样，大抵是因在很多婚姻关系中，对于内心的问题总是奢望依靠对方去解决。以为关系特殊，觉得是亲人，就亲密无间到毫无边界、耐心甚至尊重可言。面对鸡毛蒜皮、芝麻大小的事，就跟孩子似的在那耍赖，指责对方种种不是，抱怨、质疑、牢骚如排山倒海般袭来。

在婚姻关系里，我们可以体恤、谅解、宽恕、爱、被爱，可以依靠，唯独不能做到完全依赖。完全依赖是孩子与母亲的情感模式，成人间的感情应该有它特有的属性和规律。可以亲密，最好不要无间。“结了婚以后，如果两个人太近，就好像你老用手摸一张金子般的铜版画，摸到最后，就剩下一张破纸。”尼采先生早就一针见血地道出了彼此间的距离于婚姻的重要性。

更具体点，就是不过分干涉对方，有自由的精神生活，可以拥抱，无须窥探对方的私密，具备独立解决内心问题的能力。双方能适应婚姻里本该存在的孤独，明白独立是根本。

“生命中与我们连接最深，却也折磨我们最多的就是‘亲密关系’。从索取对方到面对自我，从接受关系的磨炼到将自己修炼成爱的独立个体，意识到自己是谁，我是一个美妙的无法形容的存在。”加拿大作家克里斯多福·孟关于亲密关系的论述，再次提醒我们亲密关系里自我思省的重要性。

是的，你要相信，任何一段关系都是研究自己、找到自己、最终遗忘自己的机会。在悲伤、难过、抱怨、质疑的过程中，将自己带入反省阶段。刺激你的内在，觉知生命的成长，而不是让问题滞留，消耗你的心灵、身体、时间和能量。

亲密关系里的矛盾、问题，很多时候，和爱并无关系，而是源于你的矫情和自以为是。如实面对自己，解决自己内心出现的悲愤与质疑，不靠外力，回归、探寻本我，那么就不会自我消耗到无力。

好的亲密关系大抵是，我的无助、悲伤，只是因为我的痛苦和不舒服而已，和你没有太多关系。剔除任何幻想和期待，你也没有那么重要。试着将自己转化为新的角色，感受爱和愉悦产生的光亮，所有的美好和孤独，都是亲密关系的有益成分。

所以做到平和，找到内在支撑，回归到常态意识轨道里，是指引一切的方向。反之，黑暗和绝望、无力和失望，会如同黑洞，吸附你更多能量，而虚弱即由此蔓延。

在婚姻关系里也不能停止成长

让自己陷入困顿的，不是对方，而是上天对你的贪欲、妄想及不劳而获的回应与警告。

在一些婚姻破裂案例里，很多人都存在暴力倾向，甚至亦不乏以自虐方式惩罚自己的。其中，有才貌兼备的年轻女子，也有善良、朴实的家庭主妇。她们有一个共同点：喜欢找人倾诉，希望外人来评判是非对错。

我一直不明白，她们为什么不试图从书本中寻找一些答案，或者安静下来，剖析自身，寻找关系里恶与恶产生碰撞的根源所在，时刻觉察自己是否应有新的提升。

更让人不得其解的是，在一段婚姻关系里，当男方已经完成了华丽转身，将女人推入一个死角，视其为草芥任意踩踏，毫无尊重和关照可言，女人依旧还有念想，乞求对方的“爱”。

她在一段情路上，以跌宕迂回的方式与对方发生关系，恋爱期间就矛盾、纠葛不断，但始终无法彻底放手。知道问题在自己，但始终坚持“爱”着对方，死死抓住对方，就像抓住一根救命稻草。直到有一天，对方消失，在社交平台上将她拉黑。

但她还不死心，想找对方却又不知去哪里找，活不见人，死不见尸。她说，一段关系的结束不应该是这样，怎么也得知会一声。

在这段关系里，过于用力之后，她的内心像一把断弓，一片萧瑟。但她却不甘心，执意前行，一定要找到对方，讨个说法，探个究竟。如此，爱的本真，被全盘抹杀。之后，所有探寻的方式，只是更加清晰地表明了自己的单薄、匮乏与虚弱。

拥有一段好的情感，首先需要强大坚韧的内心。在没有尝试找到更好的自己之前，真爱很难会以圆满、妥帖的方式呈现。市面上大都售卖廉价情爱，以需索、纠缠甚至诸多不健康的方式维持彼此间的温度。

在彼此牵手的道路上，我们需要克服诸多的问题与矛盾，需要将心打开，成为灵魂知己。由此进入彼此最核心的黑暗处，从中探测光亮，照亮各自未来的道路，而并非靠讨好、乞求的方式，让关系在磨损中产生恶。

而另一段婚姻关系里，她一直都是先将伴侣和孩子们照顾好，最后考虑自己，十多年都是如此，为了对方事业发展、买房、买车，从来都是省吃俭用，甚至为了让家族有男丁，不惜两次堕胎，只为生得一子。哪怕，她已是四十六岁高龄，血压一直不稳定。

按照中国传统道德观念评判，她无疑是一位好妻子、好母亲，因为从来都是先考虑他人，会照顾家庭。也就是说，她很少关注、提升自己，让自我有所提升。这么多年，她一直都是处于讨爱、慵懒的状态，乞讨对方的关注和感谢。直到有一天，婚姻出现问题，自己如花朵般凋谢，任对方踩踏、折磨，甚至以暴力对待。

她说现在回头审视这段关系，发现最开始就是一个错误，因为她长期处于渴望被爱和无休止的付出状态。她不仅做孩子的母亲，还要成为另一半的母亲。她本来就有三个孩子，最后变成了她要照顾四个“孩子”的起居饮食，事无巨细。

因为不懂如何爱惜、提升自己，所以内心长期处于匮乏和饥渴的需求状态，不知道如何更好地在关系里寻求平衡和善待自我，一味付出和乞爱，最后失衡，将能量消耗完。所有人性中本有的善，最后演变成了恶，于生活中攻击对方以发泄情绪，长年累月，心身疲惫，但又没有离婚的勇气，因为经济与人格均未独立。

一段关系以恶结束本就很残酷了，更让人怜悯的是，她依旧把所有的错都归结于对方，而不是重新认识、反省自我，思索如何以新的方式去提升自己、获得新生。

事实上，谁都知道，一个巴掌拍不响。不健康的关系，一定是因无休止的索取和伤害，自伤的同时亦伤及他人。其中包括，总是把自己放在弱者的位置上，始终觉得错在对方。时间久了，你就会发现，自己发泄出来的苦和痛，无疑也会如火焰燃烧，波及他人。

世间所有男女关系，但凡始于欲望、需索的，那么彼此心生疲倦后，就会无休止地争吵，在纠葛中产生恶的摩擦。最后让自己陷入困顿的，不是对方，而是上天对你的贪欲、妄想及不劳而获的回应与警告。

比如，我们总是在爱之前，首先考虑对方是否有房、车，财富是否足够，地位如何；再比如，在确定关系之后，就开始得意忘形，似乎这时候，就已经拥有了全部，不再去学习。就这样，关系在不自觉的情形下，开始产生裂痕、破损。最终，早期的情感被耗尽，如同榨汁机里各种果蔬被压榨剩下的残渣，被无情丢弃。

所以，不要总以为自己有资本，就可以肆无忌惮消耗任何一段情感。当春光磨尽，早期浓烈情爱变淡，而自身的能量又被不断消磨耗尽，同时又不懂得学习和提升自己，因而被抛弃和伤害的同时，也会如同魔鬼一样不断损毁和折磨着对方。所谓两败俱伤，大抵如此。

但凡稳固的情感关系，一定是彼此能产生思想交流，共同成长，各自平衡付出，互相扶持，始终保持学习和成长的觉醒。不贪爱，不虚妄，不企图过多地从对方身上索取什么。

“只有无所贪爱，才可能每一刻深情专注。”世间所有带来美的情感，多是彼此给予，相互交付，丰盈充实。天下没有免费的午餐，情感亦一样，想要找到对的人，先找到对的自己；想要获得饱满的情感，先充盈自己；想要试图改变对方，先反省自己是否已经足够好。

所有不劳而获、乞爱的模式，走到最后必定会充满焦虑、无助、怨怼，很难跟优雅自如、喜乐自由扯上关系。因为涉及恨，关系总会以扭曲、自怜、哀怨的方式结束，而不得善终。

对他人的怨怼，不过是对自己无能的愤怒；对他人的需索，老天最终都会在适当时间以难得好看的方式让你偿还；对他人的计较与核算，老天自有安排。反之，能适当放手，成全的是自由；宽恕，是对自己的仁慈；无私地给予、奉献，是自我的修炼。

智慧的活法

智慧，所能给你的仅仅只是经验而已。最终的了悟和改变，还是得靠自己日积月累的训练。

她毕业于清华土木工程系，聪明，能干。走入社会，又很顺利地找到工作，后来组建了幸福的家庭。但她却说，曾经的聪明让自己非常不讨喜，当她的行为和观念给生活、家庭造成严重困扰时，她甚至一度对生活产生过质疑。好在，她身边始终有一位足够理解、支持、包容她的先生。

在她身上，真正应验了有文化并不等同有智慧的说法。在大众看来智慧是能解除烦恼的。它不仅能有效地铲除自身的问题，还能解决他人的疑惑。

然而，她有高学历、聪明的大脑、灵活处理事情的能力，但她同时却也具备了所有不智慧的品质及活法。比如，生活中，她总觉得自己很聪明，不需要家人的任何意见，一副唯我独尊、自以为是的姿态；总是以放大镜般的眼光，去挑剔身边人的过失，但凡稍有不如意，就会牢骚满腹；家人做得好，她很少给予鼓励，不好的反而全部都记得。

这些，让她的家庭生活接二连三遭遇到问题与矛盾：和先生之间意见分歧不断，家里一不小心就成了争吵的战场；在孩子叛逆期，冷战不断。她不明白，一个如此高学历、在外能搞定一切的人，怎么到现实生活中，硬是将一个家庭弄得如此糟糕与不堪。

当她意识到问题的严重性，想彻底找到问题的根源时，一位上师跟她说了一句话，让她决定改过从新，成为一个智慧的女人。

上师说："我们活着最终只是为了获得智慧的增长，消除无明、我执，学会放下，接受一切，而不是对抗。只有如实面对这一切，并能积极处理它，才能获得内心的开花结果，才可能感受水利万物而不争的境界。这样你的家庭才会在平和与喜乐中获得圆满。"

当她真正懂得和明白这一切之后，很长一段时间内都有意识地要求自己不断改变，直至有一天，她感受到了自身所散发出的智慧光芒。

她开始学会感恩、敬畏、臣服，不再总想着自己要翻天，如此之后家里也没了矛盾、分歧。先生是她的天，习惯扛起、支撑一切；她自己则静如水，懂得了接纳、包容一些人、事、物；孩子是驻扎于她灵性之上的又一个生命个体，他们共同成长。

这个改变的过程虽然痛苦、漫长，但她获得了更好的自己。在她身上，我们发现，所有被聪明打击后的动荡生活总算为她换回了一点智慧生活的经验教训。这些，恰恰不是通过老师的教诲或从书本上得来的，而是通过不断去经历、被洗礼，领悟而来的。智慧，所能给你的仅仅只是经验而已。最终的了悟和改变，还是得靠自己日积月累的历练。

而我的另一位女性朋友，智慧的活法全在日常生活中取得。一次在酒店相见，讨论一个广告招标计划，大量的方案需当夜完成。我一点都没感受到她的焦急和紧张，倒是那分淡定彰显了她的自信和气度。有所为，有所不为；不显山，不露水，但心有胜算。平静的面孔映衬出的是内心的沉稳。

之所以觉得她是智慧的，是因为她处变不惊，以不变应万变，在一些紧急事情上能果敢明智地做抉择，对问题的把握有前瞻性。我们在酒店房间沙发上探讨问题的时候，她干脆、利落，亦不失随和。从思维的活跃、语言的简洁，到对问题的预测、判断，她都能做到把握有度，分寸适当。

她结了婚并有了孩子。有好的经济基础，独立、自信，不高傲亦不呆板，善于独立思考，勇于探索、创新，有反思能力，从而使自己在所从事的领域内做到了最好。她的人生如同一盘棋，同自己博弈，即便外界熙攘喧闹，她始终注重内在精神的成长，并保持追求一切美的东西的初心。

她出生在云南一个并不富裕的家庭。童年记忆中有煤油灯、柴火及清澈沁凉的溪水。秋天，在河边可以看见婆娑树影；夏日，大地即为凉席，在月光中熟睡，在朝阳中醒来。她说，一切都是那样淳朴和简单，让她变得纯粹、更容易满足，那样的时光不会让人觉得有多么清苦，反而很美，亦很幸福。

她崇尚自然，对舞蹈有着很高的天赋，十三岁就被当地歌舞团选为最有潜质的小演员。她学过芭蕾舞，在最潦倒的时候，找人借服装参加比赛。那种单纯、热情和执著赋予了她生命的灵感。就在她获得无数次大奖后，却不知以后将怎样跨入另一个高峰，如同儿时在家门口可以看到远方高山葱岭的青翠和壮美，却不知边界在何方。生活需要新的突破，更需要有勇气做出尝试。

之后，她毅然选择离开，重新进入一个新的行业，开始了人生新的挑战。直到现在，即便有过诸多挫折和不为人知的磨炼，你很难在她脸上看出世事变迁和人情烦扰带来的沧桑与繁杂。相反，她一脸的恬淡、大度、朴素，荣辱不惊。

她在生活面前总是表现出温柔的姿态，工作上干练而从容：面对人为过失，不躁不急；事情临时变动，不惊不惧。她坐在我面前，像从画上走下来的人物，端庄，优雅，又不失真实。

我总觉得她选择了一种智慧的活法，才使得生活日趋安稳、散发光芒。人很多时候，之所以需要智慧的活法，是因为你永远不知道生活将会带给你怎样的磨砺与纠结、迷茫与绝望。这时候，是以乐观的态度继续向前，还是以悲观的态度沉溺或退缩，恰恰彰显了一个人的能力与格局。

她说在最为艰难、困顿的时候，是信念与毅力让她一步步走了出来。那是一种来自内心的力量，无所畏惧、不骄不躁，给了她柔和、笃定的处世方法和态度。

“心之需要智慧，甚于身体之需要饮食。”从这句话中，我们足以觉知智慧的重要性。只是生活中，我们随时都会遇见不智慧的活法。比如，当发生摩擦和冲突时，多数人总是想着去争取，不愿让步，而智慧的人，则懂得妥协；还比如，有一类中年女子，成天围着家庭琐事转，自己不懂得如何享受、放开生活及怎样去做一个酷妈妈，只是习惯抱怨，也热衷于邀功。动不动就是“我为这个家奉献和牺牲了多少”！到头来，事做了，牢骚也发了，却难以得到他人的赞许。

另一类，年龄不大也不小。遇到一点小事就脾气暴躁，吃一点小亏就怨恨咒骂，生怕自己没占上风，刁钻和刻薄通过言行举止表露无遗。

以上种种，让我越发明白，智慧不是天生的，它是通过后天的训练、修行、领悟得到的。一个人内心的安宁与喜乐，似乎与聪明与否、文化程度高低并无太大关系，反而是来自她对智慧的理解与运用。

女人如水，水向来无形，丝毫不固执。当一个女人，能做到如水般柔顺时，大抵也就学会了包容、理解，她的身心因此如泉水般具有灵性，如细雨般滋润万物、悄无声息，如大海湖泊般宁静、包罗万象。所有这一切智慧的人性品格，无不是通过岁月沉淀、日常阅历、世事磨炼得到的。

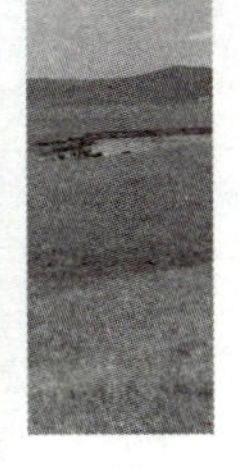

后记

爱过，写过，活过

2015年10月初，我从深圳回北京，将这本书做最后的整理。整个冬天，我在北京郊外的一所房子里，忙于对书稿进行打磨、修改，反复很多次，并没因为如此而失去耐心。即便后期身体多少有些疲累，但未曾觉得辛苦。我尽到了目前最大的努力，将它呈现于世。

2006年10月初，因为生命中一场变故，我开始了写作。十年倏忽而过，写作成了表达内心、通往外界最好的方式，也帮助我完成了自我疗愈。我清晰地感受到了，不同时间、阶段，心性发生的诸多变化，它们被我以文字的方式记录下来，形成了新的文本。

这本书，有我人生观、价值观、生活态度的体现及对往事的追溯。可能有一些不太成熟，但丝毫不影响一位年轻人对人、事、物表达的诚恳与真实。就此意义来说，我只是一个普通的记录者。没有虚妄、杂念，有的只是感受与思考。

在书中谈论一些世俗观点时，我尽量要求自己做到克制，没有教导与评断，只是客观地用文字做出表达。比如孤独、爱与生死、活着的意义，在对这些话题进行阐述时，要求自己尽量做到客观、真实、冷静。在完成这本书的过程中，思维如流水般缓慢但不失方向，键盘在寂静无声的房间中与时间交织。

我并不确定能有多大把握将这些话题谈好，因为爱与生死、孤独、人生的价值、活着的意义诸如此类极具哲学倾向的话题，多少是有难度的，但我又不愿意轻易放过自己。当所有的思绪及回忆，像一股温热的潮水，从远方汹涌而至时，我无法逃避，只能孤注一掷。在此期间，我对文本所做出的打磨，就像将铁块放入火炉中熔炼，反复来回，塑造成自己想要的模样。

整整三个月的时间，我记录自己的经历，也写下他人的故事及人世万象，但最后只落得空寥、自足，这是文字给予的惘然吧。而人在这个过程中，则像一个戏子在台上清唱，只有形单影只、自我陶醉。

我注定要承受写作之路的静寂、沉默，要时刻保持坚定的信念。因为心里知道，外面没有别人，只有自己。文字只是我内心搭建的一个盛大的舞台，最终它能否发光发热、温暖内心、点燃自己、照亮他人，则需要看各自的吸纳与接收程度。

所以，我要求自己将心完全打开。这本书表达的一切，都只为让你我之心找到归宿，并有所得。不知道，如此算不算是这本书的价值所在？

一次，朋友跟我说:“生活给予你的都是修炼。”这句话让我印象深刻。他也曾经独自经历过种种生活变迁、无常，但你在他的脸上丝毫看不到任何沧桑及对过往的怨怼。他始终充满热情，坚韧，有力，保持一颗年轻的心。他让我看到了人性里的温善及美好，还有生命的韧度与张力，所有一切都是那么恰到好处。

他年长于我，学识也比我渊博，视野开阔，人生经验、阅历都要比我丰富很多。我尝试与他进行过一些讨论，但似乎都没能得到答案。或许在他眼里，很多事并没有答案可言，有的只是此刻。而人需要在各自行进的道路中摸索，通过生活中的实践、体察、觉悟，最终找到自己的位置。

这本书也是如此，完成之后，自会有它的归宿。即便最终文字如花絮飘零，被遗忘，那都不是我所能控制的。我所能做到的，首先是诚恳记录下一些所思所想，且不忘初心。所有的过程与呈现，都只是我一个人的事。以虔诚之心，保有敬畏，让所有情感，全部凝结于这本小书中。

写作这本书的过程中，北京下过几场大雪。外面风寒雪飘，屋子里温暖如春。我的内心悲欣交集。悲的是，斯人远逝，只留下怅惘；欣的是，人世喧嚣，文字仍能散发清香。

因为绝望、痛楚及内心深处的悲哀，我需要用写作化解这一切，完成自我疗愈。在这些记录人生经历、过往心绪的历程中，我仿佛重新活过，也更加确定了活着的意义。

是的，人只有活着，才能开拓无限的可能。生命是那么无足轻重，因为脆弱、无常；却又是这样蓬勃、旺盛，周而复始，生生不息。而我也正是在这样的过程中，真正学会了如何面对生活，并为自己的生活做出了选择，孤注一掷地始终向前走。

“你一定要找到那一个能让你的心安静下来的人，从此不再剑拔弩张，左右奔突；也一定，一定要找到那一个能让你的心精进起来的人，从此万水千山，生生世世。”这段话曾被我摘录于朋友圈，当时，很多人觉得那个人是别人。而我的意识里，首先想到的是自己，只有不断鞭策、突破和完善自己，才能找到那个精进的自己。

这本书，是我十年来持续专注、努力的结果。其过程缓慢、有力，似乎有一种力量拉扯着自己不断向前走。它让我看到了不一样的自己，虽然目前呈现的可能仍旧不是最好的，但我依旧愿意在这条路上付出持续的努力，希望能走得更远、更开阔些。自利利他，自觉觉他。

肆

“写完这本书，我恐怕也很难再动笔去写些什么了。当然也不排除十年后再写一本书，因为我知道一些美好的记忆渐行渐远。对于经历过苦难和悲痛的人来说，美好似乎就显得特别珍贵，且不忍回眸。”

这是 2006 年我在第一本小书《天堂电影院》后记中写过的一段话，至今记忆深刻。事实上，这期间我的确没想过要再写书。或许因机缘巧合，抑或其他种种，图书策划人汤曼莉女士找到了我，在她的鼓励与支持下，我最终完成了这本书。2016 年，刚好进入第十个年头。感恩因缘让我们遇见。

有人说，写作有如钢筋建房，搭建骨架，导入混凝土，完成外观，最终呈现一个新的生命状态：房子。而文字的生命状态就是人本身因为思考而呈现的生命脉象。

一直都不觉得自己是专业的写作者，但随着年岁日月变迁，书写未曾间断。“我动手去写是因为没有力量去思想，我写完是因为没有勇气去放弃。”葡萄牙作家佩索阿的写作只是为了证明自己活着。而我，如果写得尚好，是上天的恩赐与眷顾；若我不写，是因为我害怕配不上曾经的悲苦。所以，我要求自己有所不同。我想，在没有找到更有意义的事情前，我可能会坚持写下去。

所有的文字呈现出的是内心的真实想法。写作是黑暗中的一道光，照亮内心，看见自己。它们是心灵深处的觉察、省醒及较量，让我的生命得以有力地向前走。

“记录自己，给时间以交待。”是我断断续续写作这么多年以来，逐渐明白并确定的初心所在。所有过往的人世历练，被我全然吸收与消化，只是为了完成一个更好的自己。

伍

写作于我，从来都是一件严肃与真诚的事。它的严肃在于，保持心的觉察和清醒；它的真诚在于，如实呈现自己，将自己推到最前面，剖析、忏悔、反省、探寻、认识……真实感知内心。在如实表达当下的过程中，我需要将自己置身于热闹之外，没有那么多的娱乐和是非，有的只是专注和心无旁骛的态度。

写作这本书稿的后期，从清晨天未亮到暮色黄昏，房间里只能清晰地听到敲打键盘的声音，静寂而美妙。当我敲打这篇文章时，正值早春。窗外的傍晚，暮色清凉，云霞流动，我的心亦如暮景般柔和、安静。院子里的花朵随风飘落，一朵一朵，停靠于树枝、泥土、屋檐，这是它们各自的归宿。而我的内心也在这种书写中，找到了自己的位置，并日趋清朗、素洁。

“莫怨春归早，花余几点红。留将根蒂在，岁岁有东风。”这是清代诗人翁格的诗。感慨之余，更让人清醒。人间美好终归短暂，花好月圆、良辰美景亦总是疾速消逝，但一个人对世间万物的希望与信心却不会轻易失去。

我们的生活又何曾不是如此。在我看来，完整且最终散发光芒的人生，一定历经了沧海桑田、望穿秋水之后仍保持精进、探索，从此千山万水，生生世世。

有时我会想，人这一生到最后，除了精神与自己所历经的会留存于世，其他都会如云烟般消失。所以，某种程度上，人会因为记录与思省，让生命因此多了几分清晰与厚重，得以明了自己是这样在度过一生。而我也由此懂得无常。爱过，写过，也曾活过。

于我而言，仅仅这些，已足够。

回头想，近十年光景，我如同一个翻山越岭的路人，风雨兼程。只为遇见一些人，看见一些事，感知人间万象。只是，岁月如此辽阔，有太多静寂无声的路途，只能独自一人走过。

这本书，我希望它不是一个结束，而是一个好的、新的开始。我愿意继续低头劳作，心无旁骛，开启新的未知人生。

这本书的顺利出版，得益于我的图书策划人汤曼莉女士，是她的执著与耐心及不放弃的精神，让这本书得以呈现。感谢这本书的执行编辑王正斌先生，因为他的专业与严谨，让这本书的文字几经打磨，越发精致。感谢所有为这本书付出努力的工作人员。因为你们的无私帮助与热情付出，让这本书在迂回周折中，走向读者。最后，感谢所有打开这本书的读者，是你们赋予了这本书新的意义。

我特别要感谢台湾作家简媜老师为此书写下的只言片语，这对一个年轻写作者来说是一种莫大的鼓励。我为她的博大、慷慨表示衷心感谢。希望她在台湾安康，常喜乐。

这些我生命中因缘际会出现的人，让我知道自己在承担种种苦难的同时，也是一个很有福报的人，是他们让我的人生变得更加饱满、丰盈。

感谢文字，让你我相遇一场。愿所有的悲心都能获得智慧增长。愿各自都能在看淡世事沧桑后，还能热爱生活。愿所有众生能在精神生活中，劈开一条道，欢喜平常度日。愿爱的种子在你我心中永存。愿万般人事皆顺遂。

感谢众缘汇聚，让这本书能被你翻开。感恩自己十年的坚持。

这本书给他米，给我的父亲和母亲，给一切有情众生。给历经无常之后的十年光景。视为纪念。

婵　琴

北　京

2016年1月6日